凉州食事

李学辉 著

Liangzhou shishi

盖美食者 能养眼 调心 悦胃

一方水土养一方🗆
一方厨师育一方美🗆

敦煌文艺出版社

图书在版编目（CIP）数据

凉州食事 / 李学辉著． －－ 兰州 ：敦煌文艺出版社，2021.10（2023.5重印）

ISBN 978-7-5468-2104-7

Ⅰ．①凉… Ⅱ．①李… Ⅲ．①散文集－中国－当代 Ⅳ．①I267

中国版本图书馆CIP数据核字（2021）第208301号

凉州食事

李学辉 著

责任编辑：李恒敬
封面设计：孟孜铭
插　　图：武钊民

敦煌文艺出版社出版、发行
本社地址：（730030）兰州市城关区曹家巷1号新闻出版大厦
本社邮箱：dunhuangwenyi1958@163.com
0931-2131601（编辑部）
0931-8773112　　0931-8120135（发行部）
兰州银声印务有限公司印刷
开本880毫米×1230毫米　1/32　印张4.125　插页1　字数80千
2021年12月第1版　　2023年5月第2次印刷
印数：1001~4 000册

ISBN 978-7-5468-2104-7
定价：48.00元

如发现印装质量问题，影响阅读，请与出版社联系调换。

本书所有内容经作者同意授权，并供人使用。
未经同意，不得以任何形式复制转载。

武威美食散论

一方水土养一方风物，一方厨师育一方美食。盖美食者，能养眼、调心、悦胃也。若一方美食能南北兼融，就不因一巷一城而局限，而味走四方。

武威美食，在水，在食材，在厨艺。

祁连雪山之水，适宜其地域的食材，绵延传承的厨艺，使武威美食一直受到人们青睐。

武威自古为多民族聚集之地，各民族饮食文化相互交融，使武威美食呈现多元、多样化的基调。汉唐时，丝绸之路畅通，中西文化交汇，为武威饮食文化注入了世界性元素，使武威饮食品种更加丰富。明、清两朝，在西北地区，有"吃在武威"之说。美食美味，为武威赢得了广泛的美誉度。

美食因其地域性、传统性、传承性、时代性，也在不断发生着变化。地域性是美食美味产生的基础，某种意义上说，地域性是决定美食高度和走向的决定性因素。传统是美食的积淀，一种美食从诞生，被人们认同，到被广泛认可和喜爱，非一朝一夕，故饮食界有"食店行，十辈未必出状元"之说。受人推崇的美食，需尊古尚新，一味墨守而不顾人们口味的变化，必使美食风光不再。口味当随时代。美味之美在于时代之美。任何与时代相隔的美食也必将受到时代的淘汰。

"一招鲜,吃遍天"。纵观依旧魅力十足的美食,在于专注,在于专心,也在于从事厨艺者代代不懈地努力。更不可忽视的因素是,这些能让人趋之若鹜的美食,还在于它里面蕴含的具有强大生命力的文化底蕴和能触动人心的故事。

毋庸置疑,已具招牌的美食,其文化意义已超过了美食本身。

天祝藏族自治县的美食,有较浓郁的民族特色和地域特质。白牦牛棒子骨、萱麻口袋、野葱花面片已成天祝的标志性美食。天祝依据白牦牛、藜麦、食用菌、野菜等特产,将食材的地域性发挥到了一定高度。雪山、草原、佳水所孕育出的食材,具有雪山的雄姿、草原的阔大和佳水的柔情。一经妙手烹调,便美味四溢。有些虽少了仪式感,但更利于人们品尝、携带,使原来只能在帐篷里朵颐的美味走出了帐篷,使更多的人能分享这种美味。藜麦,因了天祝,又名动四方。天祝藜麦,已成优势品牌。因藜麦而推出的各种美食,已得到人们的喜欢。藜麦这种食材,因其特性和包容性,遇肉则附,遇水则融,遇面则香。炝拌苗,熟其籽,各有其妙。至于羊肋条、羊血肠,肋条长而肉香,血肠韧而味美。一只烤藏包,入口劲精而味长。天祝,是把美味确实能做出美味的地方。

一至古浪,地貌为之一变,饮食便发生了变化。土门羊羔肉是古浪必提的美食之一。食客对羊肉的选择,一不膻,二不腻。膻则味邪,腻则味滞。所以好的羊肉,亦在于羊的生存环境。草、水、地成为羊生存、生长的必备条件。草好则肉香,水好则肉嫩,地好则肉精。即使用白水煮涮,肉香都会融于汤中。古浪原为黄米、小米的出产地。米好而米油稠。古浪黄米稠饭真的是一道美食。食有三味,一炝激美。好的黄米稠饭要软硬适中。软则稀,硬则梗。待出锅时,用铁勺熟油,炝葱花。葱香激活米香,米香乐拥葱香,此乃二香。故民间俗云:宁吃二香稠饭,不喝腥膻肉汤。近年来,古浪玉蓉猪手名扬在外。凡至古浪县城,一提特色,玉蓉猪手便挂嘴边。上楼,入座,一盘猪手,几样小菜,再来碗面,猪手酥烂,入口即化,擦了手,离座而去。手留余香,不负其味。自八步沙第三代治沙人郭玺成为"网红",八步沙溜达鸡就大名远播,尽管价格不菲,一点也不影响其销售。八步沙爆炒溜达鸡成为古浪又一大标志性美食。这种养在沙漠中的鸡,整天溜达在沙漠中,伴着太阳,披着星光,乐乐悠悠。沙漠广袤,鸡也自在。肉质显然不同于圈养鸡。至于羯羊肉栀子面、红秃头手工臊子面,皆因古浪小麦质优,面必良精,配以羯羊肉和其他食材,面是面,汤是汤,汤鲜面精,自然赏心悦目。

民勤美食,与沙漠沾边更显风味。羊称沙羊,葱必沙葱,凉粉冠以沙米粉,馍出类者有沙枣馍。任何地貌都有两面性。深山之远,必有山珍;沙漠之深,必藏美味。地性决定食性。一碗碱面,配以茄辣烩,成为民勤面食必选。加份薄荷油饼,或撒点白糖,再来杯小茴香茶,间或来一块蜜瓜,此味应是沙漠有,当到民勤不亏胃。亦为人生乐事。

凉州不凉,面食热肠。说热有糟肉、菜锅子;说小吃有面皮子、米汤油馓子、凉面、油饼子卷糕、洋芋搅团;说面点有凉州大月饼、炉盔子、油糊暄。等等类类。

莫道凉州行面长,卤肉茯茶分外香。说的就是三套车。三种不同的东西和谐组合,使这道民间口传而享其盛名的组合套餐得到广泛的传播。"不吃三套车,不算来凉州",是人们不虚凉州之行的一大愿望。

一地之美食所选,若以地域而论,往往有相通性,若牛、羊、鸡、菜,若果、菌、薯、药,天祝、古浪、民勤、凉州,若取共性而美搭,就有赖烹调者的手艺了。仅鸡而言,分爆炒、清煮,还有油炸童子鸡,裹以豆粉、面粉、蛋清炸出,入口即化,骨亦酥软,颇得食客美赞,可惜已很少有人做了。至于煲汤,仅菌类,若鸡、若鸽、若牛羊,就可细分多项。

来到北地不吃鱼,去至南方不点面。虽说得有点绝对,但南人喜米,北人好面,一向无可厚非。民勤红崖山水库大盆鱼硬是闯出了招牌,盖因其食材之鲜和烹调者能使南、北之人口味相适也。

庚子初冬,走武威三县一区,会同各方人士精选天祝、古浪、民勤、凉州各种热、凉、面点等美食 50 余种,计天祝萱麻口袋、酥油糌粑、藜麦小面包、藏乡果味白牦牛肉、烤羊脚巴、藏式菌菇包、炝拌藜麦苗、藏乡长肋条、藜麦羊肚菌、白牦牛棒子骨、葱香柳花菜、藏乡酥烙、野葱花面片、红笋山药、藏乡羊血肠、烤藏包、藜麦雪域酸奶、古浪攒盘、黄米稠饭、大靖烩菜、土门羊羔肉、羯羊肉栀子面、地打皮拌韭菜、羊肚菌炖苍松山鸽、红秃头手工臊子面、炝拌苦苦菜、玉麦甜酒醅、八步沙溜达鸡、青稞面搓鱼子、玉蓉猪手、大靖酥饼子、香瓜、民勤羊肉、红崖山水库大盆鱼、茄辣烩、沙米凉粉、凉拌沙葱、手工碱面、葫芦扁豆面、扇子馍、胡麻盐卷卷、沙枣馍、薄荷油饼、四季麦索、芽面盒子、小茴香茶、蜜瓜、人参果、凉州乳鸽、糟肉、菜锅子、羊肉、果木烤土鸡、酱牛肉、卤肉、凉粉、面皮子、米汤油馓子、三套车、凉面、洋芋搅团、油饼子卷糕、韭菜盒子、榛子面条、大月饼、煎饼、炉盔子、油糊暄、炒拨鱼等。虽洋洋大观，亦会挂一漏万，但就其特色而言，定位如此，盖因什么都成特色，便无一特色了。留人先留味，一向为美食之道。人知味而地生金，大凡声名在外的地方，美食更是不可或缺的部分。一味引千客，闻香则止步。武威美食有着深厚的传统，往往在故事中会遇到武威美食，唐代大诗人岑参与酱牛肉，现代名家张大千与凉面，于右任与软儿梨，著名作家阿来与三套车，都有说不完的话题。美食也是一个地方的标志。千年历史成一味。"天马行空，自在武威"，还有"行走武威，自在其味"。武韵凉味，乐在内心。来到武威回到家。这个"家"，指的就是美食。"吃饱吃好不想家"。确实。武威的魅力在自然，在人文，也在美食。

目 录
contents

行 面	1
米汤油馓子	4
油饼子	9
韭菜盒子	12
米 汤	15
炉盔子	18
饺 子	23
面皮子	27
凉 面	33
山药米拌面	38
卤 肉	43
凉拌沙葱	47
沙米粉	50
高桩馒头	54

油饼子卷糕	58
凉州月饼	62
肉夹馍	67
三套车	71
糟 肉	76
鸡 肉	80
煎 饼	87
羊 肉	89
烩 菜	94
油炸食品	97
猪蹄子炒锅盔	99
豆芽冻豆腐白菜炒肉	100
囷囷子	102
凉拌菜	104
油糊喧	108
山药面	110
山药搅团	112
干拌面	113
肉托面	115
武威四大面	117

行 面

己亥秋，北关市场重修开张，应约为凉州名吃三套车撰写对联。三套车很难入对，故以顺口对撰之，既通俗，又易记。联曰：莫道凉州行面长，更兼茯茶卤肉香。此联由省书协副主席、市书协主席翟相永书写并石刻于市场西门。又想起嘉峪关诗人胡杨兄当年在写长篇小说《末代紧皮手》评论时，曾化苏东坡诗《食荔枝》中"日啖荔枝三百颗，不辞长作岭南人"之句盛赞凉州名吃三套车，一并让相永写之。句为：一天一顿三套车，不辞长作凉州人。此亦颇有意思。挂于北关市场南门。

凉州面食多，尤以行面、臊面为佳。吾幼时，吃行面当在来客人或过年节之时。若客人多，一碗一碗下，怕有先后怠慢了客人之嫌。捋行面时，在靠案板的厨房墙上掏一洞，将木杆之一头伸入洞中，把拉开之面搭于杆上，面优雅排列，开锅即下，碗碗相继，并催生一谜面：关老爷下马不踩凳。后有山里姑娘嫁至坝下，将面和好，不切绳条，一根盘之，只扯头，一碗既下，再扯头一抻，方便是方便了，总没有杆上搭面那种壮观。

行面之道，学问大矣。一要面好，二要水好，三要和面者手艺精巧。行面面质，以冬麦面为佳。凉州西、南乡，属冷凉灌区，麦子浇灌有赖祁连山之雪水，大多浇三次水即可，属旱麦。冬小麦灌冬水保墒，遇年旱，开春浇一水，则能保收，且能防虫。享有绿色面之称。面质亦精。和面之水，泉水为上，河水为中，井水下之。皆因泉水、河水流动于地面，并受日月之照耀。加盐要适中。盐多则硬，无盐则软。面硬无法抻开，面软则收缩成团。和面之时，全凭揉功。有巧妇者，手转腰扭臀甩，协调如一。若身后再甩一长辫，则为乡村一景。大凡手艺好者，饧面用时少，面圆如盘，面身光洁，油一着身，则能立扯下锅。或若人生，质地再好，也得有人拉扯。故有人附会行面内涵，有"想成功，就得有人拉一把"，亦能体现行面之趣。

米汤油馓子

米汤油馓子是凉州人所向往的一种早点。说一种，是凉州人的早点品种较多。各种面食，牛杂、羊杂，豆浆油条等，既当正餐，也做早点。唯有米汤油馓子，是传统的早点。一般只做早点。

早喝米汤晚喝茶。这里的米汤指的也是米汤油馓子。

做米汤油馓子的原料是扁豆和黄米，所以米汤油馓子又称扁豆米汤。

扁豆子这种作物，我小时候，家家都要或多或少种一点。20世纪八九十年代，农民和土地的关系如胶似漆。凡是能种庄稼的角角落落，都被种上了各种能吃的植物，农人们把它们统称为庄稼。即便是靠地的石头滩，也被平整出来，种脑核豆、香豆子，还有扁豆。

食物匮乏的年代，扁豆的功用是炒着吃，因量少之故。它的形状与用途和绿豆是有区别的。绿豆圆，扁豆扁。

比起炒小麦，炒扁豆更能撑胀肚子，如果再要喝点水的话。

农村人家很少有做米汤油馓子的。一者费工夫，二者油馓子只在过节或过事时炸。那时的油金贵，做饭都用油褡子闹锅。

闹锅不是大闹，其实是哄锅。在一小瓶或小坛中装了清油，在小木棍头上裹了布条。炝锅时，提起油褡子在锅底旋一转，有油珠会滚到锅底，马上下葱，一煸，油香便四起。

现在不叫闹油，直接叫倒油。

一闹一倒，是两个时代。

种的扁豆有专人吆喝着收，说是为做米汤油馓子的人收的。

熬米汤油馓子的器皿是大砂锅。说熬米汤油馓子，得分开说。米汤要熬，油馓子得炸。两种食材，两种做法。这也是两种食材的有机组合。

熬米汤得起五更。"三更灯火五更鸡，正是男儿立志时。"是说在三更或五更时，就要起床，鸡鸣就是起床的钟点。

扁豆子泡了一夜，身上有了油腻的感觉。下了锅，加了黄米，熬吧。熬得扁豆龇牙咧嘴时，便烂了。一锅米汤，熬的时间为3至4小时，旺火、文火，交替着熬。

米烂心、豆烂骨时，将适量的面粉再加点淀粉，搅成糊状，不能有丝毫的面疙瘩，倒进砂锅中，用长木勺在米汤面上晃动，待面水慢慢与米汤接触，把长木勺再伸进锅里搅动，使面水与米汤彻底融合。将已切好的大葱花放进热油中，嗞嗞啦啦的响声伴着香味四溢。再将油勺快速伸进锅中，有米便随汤花跳了起来。自此，熬米汤的工序便完成。

熬米汤时，炸油馓子的面已饧好，搓了油馓子，根据米汤的多少炸油馓子的数量。百碗炸百根，一碗米汤一根油馓子，有时多炸二十几根，是因食量大的客人，会要两根油馓子。

小心地将砂锅放到架子车上，拉到出摊的地方，支了架子，摆好。为防砂锅碰撞，出摊前将熬好的米汤用木桶装了，到了地方，支好砂锅后再倒入。

砂锅脆，经不得碰撞的。

一见天亮，吃米汤油馓子的人便来了。或蹲或坐。油馓子的吃法分两种。吃软的便在砂锅中捞出早已下锅泡软的，滑滑溜溜。吃硬的将油馓子掰成小段，米汤软，馓段硬，喉咙进汤，牙齿咬馓，咔吧声四起，吸溜声不断，这种乐趣只属于吃米汤油馓子的人。

街上小摊一取缔，租房的成本高，许多卖米汤油馓子的便慢慢歇业了。偌大的凉州城，只有一两家卖的了，莫说吃，找起来也不方便了。便民市场一起，有了卖米汤油馓子的专属区，但吃起来总没有在街头的那种爽性了。那种抬头望天、低头猛吃的情形，已永远留在记忆中了。

两种不相干的食材一搭配，便成就了一道美食。一熬一炸，熬的是人生，炸的是气性。熬出了人生的滋味，抚平了暴躁的气性。美食如此，人亦如此。只是美食由人操控，而人，只有自己掌控自己了。有行话云：善于培养自己的人才是高人。

"米汤油馓子"
一熬一炸，熬的是人生，炸的是信心

善于营养自己的
人才是高人

油饼子

吃油饼子现在已司空见惯。在20世纪90年代之前，乡人总以能吃行面、油饼子、爆炒鸡为奢望。美食一滥，食欲就会大减。一稀缺，则能引人神往。21世纪初，凉州西、南乡还种胡麻。胡麻这种植物，通体滑亮。一俟开花，蓝茵茵一片。那时榨油用土法。一到冬闲，有油把佬便会挑人榨油。油把佬是榨油的把式，出油多少，全凭其技术。所挑选的人能率先享受新面新油所炸的油饼。这是一种待遇。胡麻油香气浓郁，一家炒鸡、炸油饼，满村皆香。第一块出锅，必须由油把佬先吃。油把佬盘腿而坐，手持油饼，矜持半天，将油饼撕下一块，慢慢放入嘴中，舌动嘴咧，馋得一地人恨不得上前撕了他的嘴，抢油饼吃了。油把佬不发话，别人只能干望。干望是个很有意思的词，即干巴巴地望着，徒增羡慕。

炸油饼得用烫面。巧妇和面，将面摊于案板，用兑好的开水烫面，面身舒张，形成剂子，大小均匀，用擀面杖一擀，薄厚一样。下锅前，在圆饼上戳一小洞。面饼一入油，嗞啦啦一阵响，有油从小洞中溢出，此为均油之法。小洞边缘一黄，即翻再炸。一出锅，软而酥。油饼热吃才香，若调口味，或撒白糖，或卷无骨肉，皆可。家道困难时，难得有油饼和肉，大人怕小孩猛吃，总谆谆告诫：油饼子卷肉，有福不能重受。小孩们只得在油饼和肉中选一项，并作为戒律遵守。生活条件一好，才悟出大人们之智慧或无奈。

炸油饼时在面饼上开洞再入锅，有人云：出来混，诸事得留个心眼。一块小小油饼，炸时能体悟人生。油饼无语，人得好好思考。

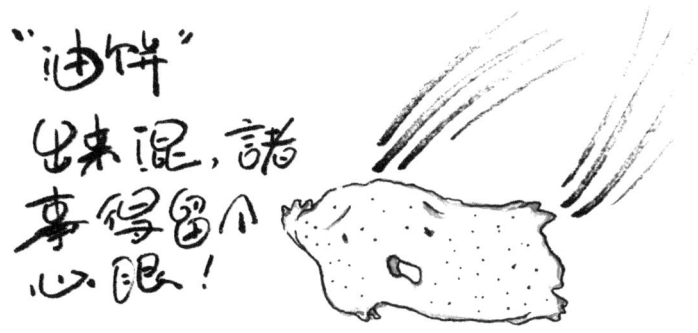

韭菜盒子

春韭香,秋韭臭,三道韭菜气死牛。

这是凉州的谚语。

头道韭菜二道软,三道韭菜若芨秆。是说韭菜要吃头道,二道韭菜韭身还软,三道韭菜韭身发硬,就像芨芨秆了。

在塑料大棚未出现之前,韭菜多以露天生长为主。为季节性蔬菜。烙一顿韭菜盒子,那得有多大的豪气。能吃到头道韭菜做的韭菜盒子,光景绝非一般人家能及。

把韭菜择捡好,洗净,切碎段,将切好的肉末入锅,下调料煸出香味,把切成段末的韭菜倒入再翻炒,将韭菜水分滤出。再烫面,擀皮。烙韭菜盒子以小鏊子为佳。鏊子有铁的,或为铝的。我曾见过一家,为得到铸鏊子的铝皮,专门收集盐水瓶的瓶盖。整整积攒了三年,等待铸鏊子的上门。鏊子一铸成,那种兴奋,无以言表,手提鏊子,逢人便抖几下,意思很明了:有了烙韭菜盒子的东西了。

所以任何美食，器皿、材质、手艺，缺一不可。

韭菜盒子的皮不能太薄，也不能太厚。薄一烙则烂，厚难以熟透。薄到什么程度，一面烙好，翻烙时能看到馅。皮黄馅绿。所用的肉，大多以猪肉为佳，且用五花肉，肥瘦相间。若不用肉末，用鸡蛋亦可。鸡蛋搅拌下锅煎炒成碎末，倒出。下油，翻炒韭菜，待韭菜气性弱，或直接用生韭菜切段，加入鸡蛋，用筷子搅拌均匀即可。肉的称荤的，鸡蛋的称素的。荤、素由食客自己选择，只要味道好。

韭菜盒子一入盘，得用小口咬。大口咬，烫嘴，入嗓，有烫断喉咙之说。所以，吃韭菜盒子得有耐心，出锅后晾一阵，待盒子里面的气稍松，盒身塌下去，再吃，便能大口吞之，其味满满。

人云：做人脸皮不能太薄，也不能太厚。用韭菜盒子喻指，若无真材实料，再好的皮也难掩饰其浅薄。

要想活出滋味，人还得有真材实料。

"韭菜盒子"

做个脸皮，可能太薄也可能太厚！若无真材实料，再好的皮也难掩其浅薄！

 米 汤

米汤在北方，是最寻常的吃食。

凉州的米汤，大多以小米汤为主。

谷子脱了皮，就是小米。

胡麻和谷子，在20世纪90年代，是农民的两大爱物。麦子和玉米产量猛增，胡麻和谷子仍属低产量作物。在强大的物欲面前，在注重现代农业的时期，低产量的作物被淘汰。所以，胡麻和谷子逐渐消失在人们的视野之外。

产量低还被成群的麻雀抢食，这也是人们抛弃谷子的原因之一。

在我记事起，米汤是生存的必需。一般农户，早晚两顿。小米少，少得能数出来，清汤寡水，喝到肚子里，咣叽咣当。从事劳作的人，往往把米汤称小米溜溜，意为不经抗饿的吃食。又叫涮肠子的东西。可见，米汤在某一阶段，尤其是物质不丰沛的年代，虽无可替代，但在人们心中的地位并不尊贵。

女人做月子时，米汤的重要性就体现了出来。凉州

女人生了小孩，叫月婆子。月婆子一个月不能洗澡，衣服不能随意增减，还得喝一个月的小米汤。若不遵守，年纪大的女人就会语重心长：造病呢！洗澡会造湿病；衣服穿得少了，骨节会疼；不喝米汤清胃，无法除却肠肚内的污秽之物，会不利肠胃清洁。所以大凡坐月子的女人，把孩子不到满月的月份称为罪月，意思是大受活罪的月份。

　　熬米汤的器物最佳的是陶砂锅。若有炉火更好。架了火，添了水，待水开时再下小米。下早会泡胀，下迟会冷米。一等锅开，便揭了锅盖。没锅盖的，便少了清沫之程序。小米在锅中随滚头上下浮动，一颗一颗像沙枣花一样开放，待小米完全舒展，黄亮亮的米汤便呈现在人们面前。浮在上面的称米油。黏质好的米汤还可粘东西，我曾见过有乡人抹了米汤糊窗户纸。

　　熬米汤突出一个熬字，小米花绽放也得一个过程。所以米汤享有的哲理便是："要想成功，就得经得起煎熬"。想想也是，谷子成熟得历经六七个月的时间。过去谷子收割了并不马上打碾，垛成垛，还得捂上一两个月。秋风糜子寒露谷。黄灿灿的谷粒，上了碾子，一圈一圈，用石碾碾掉外壳。后来有了碾米机，辛苦程度就降低了好多。下锅熬成米汤，还得历经一番煎熬。话说回来，人生若不煎熬，就没有滋味了。凡是取得成就的人，都是煎熬出来的。

 炉盔子

烧炉盔子,过去在乡下是一件大事。一看到人们从仓库里起鏊子,就该过事了。过事说的是红、白两事。红指人家娶媳妇、嫁姑娘,白指家里死了人。最隆重的便是过年。家家发面,户户备柴。一过小年,便开始起鏊。一个队总有几十户人家。所以烧炉盔子是一场接力赛,你家刚完,他家就得接上。有一定的时间限制。人能等住,发好的面没办法等。过了时间,面就会发酸。过年,炉盔子是人家的脸面,走亲戚,待客,一碗糖茶,一盘炉盔子,面酸了,炉盔子便无人问津,打得是主妇的脸,羞得是一家人的体面,谁也不敢马虎。

为公平其间,起鏊时,今年从东头起,下一年从西头起,住在中间的人家,命好。最早烧炉盔子的人家,往往收拾出朝阴的一间屋子,小心地码好炉盔子,或放入缸中。家中小孩多,一年难得吃上几顿白面馍馍,怕偷吃。黑面无法烧炉盔子。等到大年三十,一顿猪肉白

菜炖粉条一吃，肚子里有了油水，吃炉盔子也就不那么严禁数量了。

做炉盔子，发面是个技术活，也是个辛苦活。用上好的酵头子发了面，接下来就要接面。按所炉炉盔子的数量取面。平素用碗，过年接面用斗。清开一屋子，填了炕，炕洞里的火烧得要均匀。炕烫，面易发。炕凉，不易暄。接面得有力气，一案板面，山似的堆着，力气小的女人拿不住面，往往会抹眼泪。男人们一般不帮忙。人缘好的女人，帮忙的多，一大群女人凑在一起，挖面的挖面，和面的和面，平素脸红脖子粗的情形暂且放下，把炉盔子炉好再说。一家的炉盔子酸了，或不暄方，丢得也是全队人的脸。

烧鏊子是对男人们的考验。火大，炉盔子容易烤焦；火小，会半生不熟。那时，农村烧柴少。烧鏊子，麦草火劲小，无法使生铁鏊子两面保持热度，易塌火。有准备的人家，在秋末就开始备柴。一铲树根，二铲猫儿刺。刨树根很费事，工具又不行，一把小斧子，砍上去，树根纹丝不动。耐了性子，用铁锹掏悬树根，边挖边砍。一家也就那么一两张铁锹，折了第二年便没工具干活。一个树根刨出来，得三四天时间。刨出后，用凿子一点一点凿，大了入不到鏊子底下，还会生烟。猫儿刺生长在崖边、沟沿上。夏天开黄花，结成豆荚样，有甜味。肚子饿时，小孩们会掐了吃。猫儿刺有筋骨，砍时费力，亦费劲。砍好，小心地摊开晾晒，在烧鏊子时会排上用场。

往往的情形是，树根和猫儿刺，都是爱生烟的东西。烧头鏊炉盔子时，屋中浓烟笼罩，咳嗽声四起，不见人影。待人跑出来，乡下人便笑称其为黑虎灶爷。满脸的黑。烧出的炉盔子非焦即生。家里脾气大的女人会跳起来大骂，一群男人，平常在家里霸道惯了，容不得女人们骂，将炉盔子烧成这样，被女人骂成败家子还赔笑脸。炉不好炉盔子，会窝囊一个正月。

鏊子分上下两层，又称"天王盖地虎"。底火要旺，盖火要稳。底火舔，盖火趴，堪成一大景观。

男人们便总结经验：头鏊子，再不烧白面炉盔子，烧黑面和五合面（豆面）馍馍。黑面黑，烧再黑也白不了。烧生了，喂猪，猪不吃，那是猪的事。

绾炉盔子，手艺差的女人会躲在一边。面发好是一回事，能将炉盔子绾好又是一回事。技艺好的女人绾出的炉盔子，周正，出鏊子后齐齐正正，暄暄方方，抹了熟胡麻油，能惹亮一个正月人们的目光。小小的炉盔子，也能精神一个正月。好的炉盔子增加的是主家的精气神。

绾好的炉盔子，不那么起眼。一进鏊子，经火一烤，面的暄劲、酥劲便充分展示了出来。按下去瓷实，吃起来酥软，让人们生发出许多感慨：渺小的时候，比较充实；伟大的时候，又觉得空虚。

后来有人发明了一种土坯砌的、类似于农人过去圈鸡的半圆型烧炉盔子的东西，称鸡洞子。中空，穿两根铁棍，用麦草将洞内烧红，在铁皮上摆好绾好的炉盔子，伸进洞里，封了口，约觉得炉盔子熟了，取开封洞口的物件，一股五谷香气就冲洞门而出。既简便又省力、省柴，很快就在农村推广。房前屋后，只要有空闲之地，盘一"鸡洞子"，随吃随烧。只不过这种洞里烧出来的炉盔子一开始有土腥味，烧得次数多了，土腥气一消失，炉盔子就又成了真正的炉盔子。

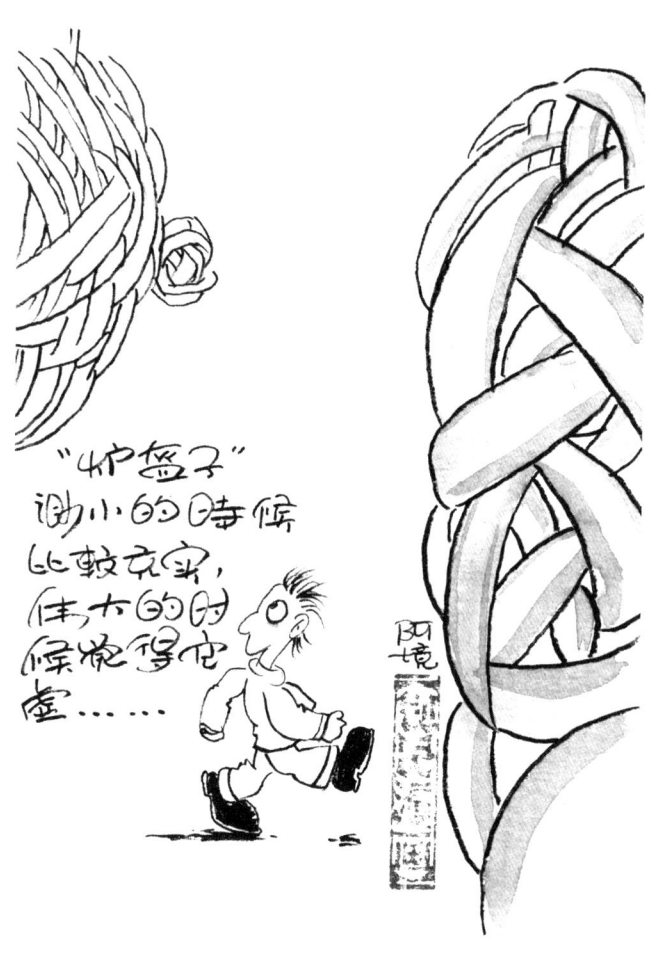

饺子

饺子南北都盛行，凉州人把饺子统称水饺子。

我一开始认为这种称呼源于将饺子下到水锅里煮，是区别煎饺罢了。后来在饺子店的招牌上也能看到酸汤水饺等类的条目。一次和家人围坐吃饺子，父亲说起水饺子，这里面的学问还不浅。

越是食品缺乏的年代，人们对同样的食材会发明出若干种吃法。譬如凉州农村的山药麻腐饺子。凉州人把洋芋叫山药，始于何时，没确切的史料。这种东西在很长一段时期，是人们的养命食，推而广之，连甘肃人都被外省人称之为甘肃山药蛋。有民谣笑话甘肃人：炕上蹲着个尕老汉，锅里煮的是山药蛋。笑谈毕竟是笑谈，但山药蛋吃法之广，却实在令人称道。烹、炸、煎、煮，和什么蔬菜、肉类都能搭配，所以山药又被人们称为"汉奸"，这就有点极端了。我曾写过一篇《有一道菜叫汉奸》的小说。称山药为食物中的和事佬，倒也恰当。

山药收获的量大，挖了窖，能储存半年或更长的时间。

麻腐是大麻的籽碾碎滤掉壳后的一种食材。凉州北乡的金羊镇原来种植大麻多。主要用于剥麻皮。麻皮是纳鞋底和搓绳的材料。待大麻成熟后，砍下，晾晒几天，再沉入水塘或不流动的水沟里沤。称沤麻。等麻皮松软后捞出，立于墙边。农闲时便剥麻皮。沤好的麻皮抽开头，一扯，便会扯出一长条，辫子般梳放在一起，不能乱扔。乱扔的称乱麻，无法用。所以有时人若想法多理不出头绪，便称心里乱糟糟的，像乱麻一样。麻秆是上好的引火物，质软，便于引火。麻籽的用法有几种。或榨油，但麻籽量少，很少有人用它们榨油；或炒吃，与麦子炒了，嚼起来满口生津生香；或捣成麻腐包饺子。

拌山药麻腐馅有讲究。将清油入锅，大肉剁成碎末，加调料，炒至七成熟，再放入麻腐，翻炒出香味，倒入盛山药泥的盆中，搅拌均匀，馅便做成了。

麻腐饺子馅风味独特，成为凉州人招待客人的爱物，和鸡肉搭配，又称鸡肉麻腐垫饺子，也是一道美食。

若家里孩子多，客人也多，馅有限，饺子也有限，但总得吃饱肚子，于是，凉州人便用碗来盛饺子，五六只饺子，一碗汤，加点香菜，或不加。说来也怪，只要吃了一口麻腐饺子，汤喝起来也有味。两碗下肚，肚子便撑了,客人赞,家里人也乐,皆大欢喜。最高兴的是当妈的。为礼数,往往是客人先吃,若用盘子装饺子吃,多少是个够呢。自家的孩子只有"望嘴"的份。间或忍不住偷吃一个,当着客人的面又不好打孩子。在客人面前打孩子也是在打客人的脸,有失教养。望嘴其实望的是客人的嘴,客人们吃高兴了,大口咬饺子。若饺子个小,一口一个;若稍大点,两口一个。孩子恨不得上去捏住客人的嘴。久而久之,若要招待客人,又怕孩子望嘴失礼,早早打发孩子,夏秋铲猪草,冬春放羊,免了不少尴尬。

几个水饺一碗汤,解决了一个很大的难题。

饺子的馅很多,仅凉州,就有大肉葱馅、羊肉胡萝卜馅、牛肉萝卜馅、韭菜馅、芹菜馅等。现在又有了沙葱馅的。不管哪种馅,只要配料得当,总有人喜欢。这就有了包容性。所以有人就以饺子作喻,"学会包容,才能更好地拥有。"

说的还是饺子馅。

"饺子"
只有学会包容
才能更好地拥
有。

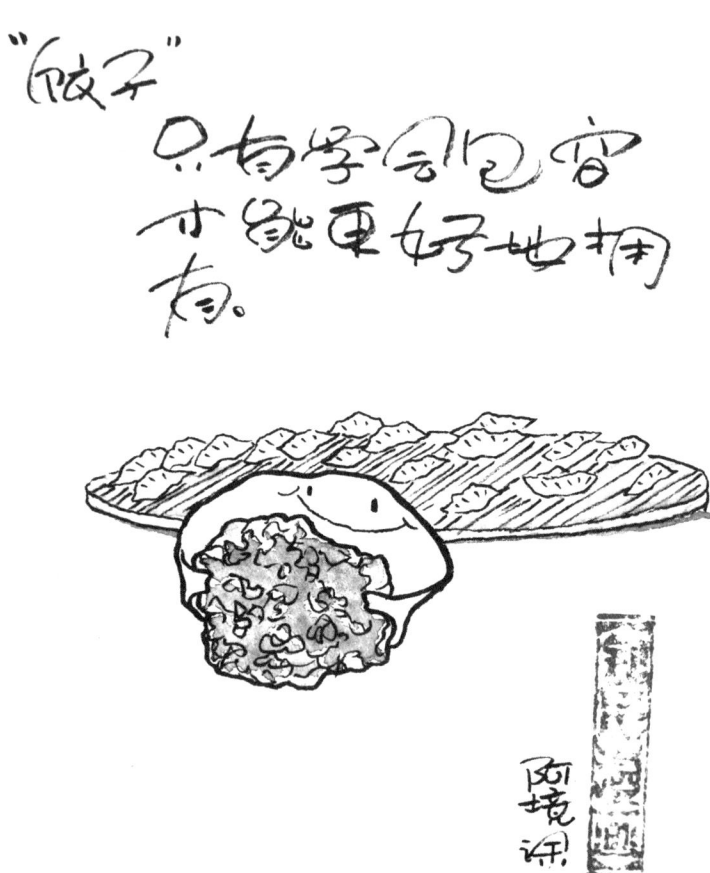

面皮子

若要凉州人一口气说出三种特色美食,面皮子肯定是其中之一,正如20世纪八九十年代外地人问凉州人游玩的景点,占前三名的多是文庙、雷台、海藏寺。如今凉州名胜知名者多矣,文庙、雷台还是开口必报的。面皮子亦一样。

有人把面皮子写作酿皮子,不见得有多洋气,意思也很费解。还是称作面皮子,朴素而又直接。

据说凉州面皮子在本类食品中的制作方法、口感全国独一家,盖因制作时要加蓬灰。蓬灰这种东西,其主要成分是碳酸钾。据现有资料,面食中加蓬灰的只有兰州牛肉面和凉州面皮子。加蓬灰,面得筋而精,使面筋而精的东西也多,独有蓬灰,在兰州牛肉面和凉州面皮子中无其他物可替代。虽说现在蓬灰有了工业生产品,用起来也方便,但终究不如用土法烧制的蓬灰做出来的地道。

没有那种旷野,没有那么一种生命的律动,更没有日月照耀和生长的那种孤独与任性,蓬棵就少了许多滋味。

蓬棵是制造蓬灰的植物原料。这种植物大多生长在戈壁滩。状若蓬,民间又叫蓬草。

过去,有专烧蓬灰的,作为家庭的收入之一。此活辛苦,又赚钱不多,没有耐心和耐力的人,一般不去受那份罪。

烧蓬灰大约在八九月份。六七月份先把蓬棵拔下来,经风吹日晒,待蓬棵积累成小山样时,便在顺风处挖一灶坑,称"黄金灶",烧晒干的蓬棵。一坑满了,旋及倒水,便有了结晶体。有人说像炼化的玻璃,根本没那么晶亮。说像炉渣,倒很符合蓬灰的形状和颜色,蓬灰身上还有绿色的斑点,那是自然析出的成分。

农闲时,有人套了驴车,走乡串户,蓬灰——蓬灰地叫卖,大多以物易物,换点粮食等东西。那时的农村妇女大多都有蒸面皮子的手艺,多少都会换一点蓬灰,若遇阴雨连天,便蒸一笼或几笼面皮子。一家人围了,就着雨点吃,虽然农村人鲜说风味,但滋味和骄傲总顺雨帘而出。有小孩光了脚,跑到泥地里,吼几嗓面皮子,也为主妇们能带来些许自豪,毕竟,面皮子不是天天蒸着吃的。

城里人一般不蒸吃,嫌麻烦,捏出买几碗面皮子的钱,到面皮子铺中或摊前,叫一声几碗几碗,便提了面皮子回家。

面皮子不算饭,萝卜不算菜。许是有蓬灰的缘故,吃了面皮子消化得快,男人们不把它们当主食,倒是许多好养的姑娘,半碗面皮子就能充当一顿饭。

洗、蒸面皮子辛苦。洗时将面搅成糊状,加适量蓬灰,一遍一遍浇洗,无法溜下箩儿底的便是面筋。工序不复杂,但繁复,一遍又一遍。大清早起来要蒸,一扇一扇,十几架笼架起来,火候如一,过火或火不透,都会影响面皮子的成分和质量。面皮子一出笼,倒扣在案板或其他有案面的东西上,抹上熟清油,不起眼的面皮子便亮旺旺地呈现在人们面前。

好的面皮子吃起来确实筋道。不放任何调料,抓一块放到嘴里咬嚼,也会食欲大增。这种吃法叫吃甜面皮。那种甜,与糖味无关。

蓬灰加的多少、蓬灰材质的好坏、洗面皮子的人的手感、面的质量,都是好的面皮子受人称道的条件。蓬灰加的多了,面皮子的味会苦。

好的面皮子还得有好的醋卤和油辣子。

醋卤的熬制，也是功夫。醋要好醋，还有一项东西，必不可少，那就是干小白菜。

非得用晾干的小白菜，油菜不行。

小白菜也不能太老。太老丝硬，太嫩一煮成团。小白菜长得有了筋骨，拔了，细细择捡了，将烂叶和根除了，晾晒后，捆了，一小捆一小捆存放。待做醋卤时，放净水中泡几个时辰，原有的软筋恢复，这样的小白菜能吃住调味和面糊，慢慢搅拌，用勺子一舀，能成一条线，浇在面皮子上，酸酸软软，若醉酒，一碗下肚，那醋卤便成解酒物了。

好的油辣子制作更为麻烦。辣子用露地种植的辣子为佳，中间剖了，晒成辣子干，用石磨或机器粉了，粉时要揪去辣子把儿，若辣肚中有还未捡净的辣心，也一并取了。磨好的辣面子不宜放在塑料袋中，易生虫。泼油辣子，各有各的绝活。卖成品牌的面皮子的油辣子，一红二稠三香四辣而不伤嗓喉。呛油时，还得用葱段。葱用大葱。有的还要加点芝麻等物，提香。味料的配制、植物油的成色，都是上好油辣子的标配。

加了驴油的油辣子叫荤油辣子。

那句用来解读面皮子的哲理：忍难忍之苦，方可蒸蒸日上，是动了一番脑筋的。蓬灰、洗涮、蒸腾，哪一样都少不了功夫。这种功夫,不是嘴上功夫,非得有恒心和技巧不可。

"面皮子",一声吆喝,看见人排长队,不吆喝人们也知道,这家的面皮子肯定好。

凉 面

人的一生不一定要热热闹闹，凉面如是，可能是有一个凉字的缘故。在所有的美食中，以冷、热冠名者不多，香、辣、麻等多，大多直指口味。

凉州凉面主要以小麦精面为主，和面时加碱，色泽黄中透亮。面下至锅中九成熟，捞出，加热油，面便不坨了。面分宽、细，不似牛肉面分得那么细致，什么大宽、韭叶子、二细、毛细等。凉州人的叫法很直接：来一碗宽凉面、细凉面，或者来一碗荤凉面、素凉面。如果面皮子还要加点黄瓜丝、胡萝卜丝或蒜茄子，凉面则不客套，荤加荤卤，素加素卤，以口味而定，价格也不同。

做凉面也是个苦活。面下得早了，成为隔夜面；下得迟了，赶不上卖市。所以，凉面又叫早凉面。

好凉面以筋道论，更以卤味好坏论。凉面讲究一面二卤三抓，油辣子也没面皮子那么要求高，这也与人们把凉面划归为面食类有关。常有食客说：谁谁谁家面皮子的油辣子好，很少听到人们说谁谁谁家凉面的油辣子好。

卖凉面的不少，卖出名头的不多。面皮子、凉面，起摊名时主要以卖者的姓氏为主，再加记，如某记面皮或某记凉面。名头响的，便减少了许多麻烦，食客们直接说去吃那家的凉面。说谁家的凉面，大多是列入了凉州名优小吃的人家的凉面。

盛凉面主要以方盘为主，一出摊，面堆如山，卖凉面的手就是斤两，一抓一碗，抓时抖抖，面便松弛骨板，再缩了身子，等着浇卤。方盘前有两个大砂锅，一为荤卤，一为素卤。有的食客往往要点素卤，再加荤卤，价格以荤卤算。

各家卤都有自己的特色，荤卤以大肉为主，素卤主要以干小白菜为主料。荤卤中要加点时令菜，如韭苔或蒜薹，或将洋芋切成滚刀块，在油中炸出，以免绵烂。

或荤或素的卤子一进碗，用筷子搅拌，让卤与面亲密接触，面便有了卤香，卤便有了面香。

卖凉面不仅卖出了名堂，还以书画家、收藏家、鉴赏家为人们称道的，当数郭中藩先生。

中藩（1915—1989）先生幼时家贫，后以卖凉面为生。虽与引车卖浆者流为伍，但志存高洁，酷爱金石书画。幼时曾受教于大井巷李春亭先生，书法拜学于东小井巷凉州怪杰杨成绪之子杨联壁门下。并广交当时名流李钟岳、赵兰亭、权爱棠、赵彦森、范振绪等诸先生。我工作于《武威日报》社时，曾数次到其祖宅找其子郭子猷先生长叙。那时先生的宅居仍存。院中花木竹莲扶疏，家中摆设古朴而充满书香墨味，非身具文人禀赋者不能拥有。1941年张大千来凉，曾与之交往，并以书画相赠；1942年于右任先生小居凉州，和他相见甚欢，曾以联大赞：观其为文不随其趣，与之定事大有古风。能得于右任先生如此赞誉者，绝非俗类。先生生性豁达，从不以卖凉面自卑。书画与凉面，本不搭界，但在中藩先生手上却通灵，卖凉面时抓凉面，不卖凉面时抓毛笔。凉面一提，幻作线条；毛笔一落，则畅胸怀。一旦收摊，凉面香气落下，墨香文气又起。座上有食客，往来皆不俗。先生在世时，相伴甚欢者有冯天民、麻永忠、刘永峥等人。一杯酒、一盘肉、一张宣纸、一支笔，杯中酒香，笔下乾坤，赏名画而心喜，把玩金石而乐无穷。古今高雅之士，或寄情田园，或遁世而居。哪像先生，身居闹市而不坠青云之志，摆摊街头仍笑对江湖人生。一声"郭凉面"或"郭二爷"，里面蕴含着无限的尊敬之情。

  我与中藩先生，并无交往。因敬其前贤，又曾在旧居观赏过其部分藏品，深为先生之出市井而不染之高洁所感佩。先生节衣缩食，20世纪70年代初，将所藏唐垂拱三年石造像、宋瓷观音、战国虎符、唐咸亨三年白云琴以及元、明、清瓷器一百余件文物，捐献于原武威地区博物馆。此举非大胸怀所不能担之。先生虽然作古，当书坛画界中人每每谈起先生，总对先生尊而敬之，此更能印证，凡贤德高洁者，并非完全以所从事职业或职位高低而论之。

因了郭中藩先生，凉州凉面便有了文化之意味。

我上鲁迅文学院第十一届高研班时，隔壁住着吉林延边的朝鲜族学员、诗人朴长吉。一有闲暇，他便来讨教汉语中的词语表达。我对冷凉食物，因肠胃关系，一般敬而远之。一次盛情难却，他请我去吃朝鲜冷面。才知朝鲜冷面与凉州凉面有同工异曲之妙。只是朝鲜冷面的料理及那种酸酸甜甜、越吃越辣加啤酒的吃法，实在难以问津，以后便婉拒，倒让朴长吉先生每每怅惋不已。

美食也有适应性，不仅关于地域、环境，还有肠胃。世上美食多矣，每人各有所好，爱与不爱，并非美食之过。凉州凉面，面凉卤子热，每每有朋友来凉州，总要请他们去尝一尝，不管他们喜爱与否，作为凉州人，推介本土美食也是责任所在。凡有朋友说凉州凉面好吃，心下也欣慰不少。

山药米拌面

要吃凉州饭,山药米拌面。这是凉州人惯常说的一句话。

还有一句话,"一天不吃山药米拌面,心里干焦干焦的。"现在这句话出现的几率不高,好像偶有说相声的提及。凉州本地人说此话的本来就不多。

若追溯生活,这句话也有来头。在生活困难年代,山药米拌面是凉州人的主打饭食之一。说饭食不是美食,是说那时的山药米拌面是农村人家的日餐。早、晚基本如此。有人曾戏谑:早上一顿山药米拌面,晚上一顿米拌面山药。里面含着很多的无奈。

谷子产量低,山药(洋芋)产量不低。

有关山药由何时何地传入本土,本就不是庄稼人所管的事。他们管的是,只要这种东西好种、能吃,就是好东西。

小时候,种山药是我们的梦魇。

太苦了。

在实行联产承包责任制之前，分摊到各家各户的土地不多。多产，得种二茬田，还要套种。玉米地里套种黄豆，麦子地里套种山药。种麦子时，留一空白行，待麦子快收割前，剜了山药种下去。麦子收割了，山药苗蔫着身子东歪西倒。这时就要抢时间，赶快培土、起垄。大热天，正中午，扛了铁锹，一锹一锹地培土，遇到奄奄一息的，还需从涝坝里抬了水，一勺一勺浇灌。一场雨来临，所有的山药苗都精神起来。这时就要抓紧壅土。壅土是种山药惯用的词。主要是将垄起高起胖，但不能盖住山药头。壅土时还要壅粪，粪是小灰和炕粪。炕粪不是粪，拆了已烧过一年的炕，淋水浇透土坯，敲烂翻绵，称土肥。山药种得好坏，关键要看用的炕粪的肥效。那也是个麻烦活，工序多，后能买起磷肥了，但依旧少不了炕粪，好听的叫法是农家（钾）肥。

下一次雨，浇一次水，就得壅一次垄，这样可以疏松土壤，防止结块，二者也让秧有了上升的空间，秧的粗细决定着所结山药的大小。

挖山药倒是个令人兴奋的活。山药结得多，个头大，成色好，都是兴奋的点。

山药花味涩，也结果，绿色，类于珊瑚。是无人问津的。

山药一年粮。只要有山药,一年的肚中不慌,心中就不慌。

山药米拌面中加自家腌的酸白菜,滋味就上来了。或在出锅时加点小葱叶,或香菜,味道更佳。

小米早已不成形了,山药经过千滚万滚,已沙绵,入口即化。这时的山药不再如下锅时沉入锅底,大多都翻了上来,有的早成为碎末,已分不清哪是米哪是山药了,所以山药米拌面又有个叫法叫山药米糊糊。其实,这里的糊应该是稠,关键要看撒得面的多少。撒面是个技术活,多了易稠,少了显不出效果。不多不少,是个考查眼力的活。

1991年10月,我与妻子旅行结婚,在火车上碰到了一对新疆的老夫妻。男的老家在安徽,于20世纪50年代曾支边河西。女的老家在凉州双城,家中已无亲人,家乡已成为故乡。我们一路结伴,从西安、武汉至南京,然后回返。两位老人在武威下车,唯一的愿望就是想吃一顿山药米拌面,以解思乡之情。那时我住在杨府巷杨府洞,是个大杂院。我们约请两位老人来家里吃了顿山药米拌面。两位老人一人喝了两大碗,长舒了一口气,说好吃。老人家在库尔勒,回去后还写过几封信,以后便断了联系。但老人吃山药米拌面的那种惬意,却给我留下了永久的印象。

　　现在，吃一顿山药米拌面已成为一种奢侈。从无法离开的饭食到成为一种地方小吃，并非是时间的推移，而是生活发生了太大的变化。生活水平一高，往往过去避之不及的东西就会幻作梦境，一醒，便会唤起记忆。山药米拌面，名字很普通，叫法也朴素。能延吃至今，自有它存在的道理。

卤　肉

卤肉是凉州的硬菜。在凉州，大鱼大肉做成的菜，往往被称为硬菜。这是北方固有的风格，大块吃肉，大碗喝酒。块有多大，在于菜的品种，或者品相。

有人把卤肉叫腊肉，这种叫法不妥。卤肉和腊肉的做法不同，味道也不一样。

凉州卤肉，色、香、味俱全。

凉州卤肉主要以猪肉为主，若卤牛肉、鸡肉叫法就会全，即卤牛肉、卤鸡肉，若不这样叫，肯定卤的是猪肉。

卤肉在凉州何时兴起，也无确切的资料。卤肉是凉州的招牌，大多人都清楚。

不管大席、小聚，一盘卤肉是少不了的。过去人家待客，也有"无卤肉不成席"之说。卤肉，代表的也是一种体面。

卤肉需在老汤中卤。若是新汤，需兑老卤，才会出味。肉卤得好的人家的卤汤，不轻易送人。陈年卤汤究竟有多陈,如何保存,也有讲究。装卤汤要用瓷坛,密封,放入阴凉之处。若有窖,最好藏之其中。更有甚者说在柳筐上涂了泥巴,在泥巴上涂了猪血,再放入盛老卤汤的瓷坛,覆盖,可保百年不坏。这无法验证,但卤出名堂的卤肉高手总有玄之又玄的说法,因为如此,才能显出老字号的特殊魅力。卤好肉者各有各的绝活,这是毋庸置疑的。

好卤在调料,也在首次入汤的肉的品质。

卤肉分肘子、头肉、下水,凡猪的东西,都能入卤。即便是猪尾巴,卤出来,也油亮亮的,据说能治人淌涎水的毛病,所以多为小孩子所喜爱。

一味压千愁。卤肉中含钾、磷、钠、钙,营养元素也多。好吃的卤肉要肥瘦相间,这样吃起来才香。若一味精瘦,吃起来犹如嚼木头渣。喜吃卤味的,常常在买卤肉时会说:肥搭瘦。卖肉的便会明白。

凉州卤肉以红卤为主,色泽多为金黄色,口味偏甜一些的,卤肉出锅后要刷点糖色。

我岳父李金生是卤肉的好手。他虽在原地区防疫站工作,因14岁起在炮校上过灶,倒也学得了一手好厨艺。老人家在世时,到腊月末,便忙了起来。卤了自家的肉,还卤亲朋的。他身体较胖,围了围裙,坐在凳子上,边卤肉边抽烟边喝茶。他抽烟厉害，喝茶喜春尖，往往加桂圆、大枣和冰糖。一个大玻璃杯子不离手。他卤肉不屑别人帮忙，看似慢条斯理，实则井然有序，该剔骨的剔骨，该压实的压实。生肉是他亲自选的。他有一个卖肉的朋友，姓魏，亦好下棋，住在新关。

老人家去世后，过年吃卤肉就没那么便当了。有时直接在卖熟肉的人那里预定。到说定的日期，一取了事，没有了那种亲情的氛围。

从白肉到大红大紫，卤好肉也是一种学问。平常物事到了汪曾祺先生笔下，总是充满不动声色的滋味。我辈想学，也学不像，学不来。近看石舒清先生《余墨》（《花城》2020年1期）写汪老，颇有意思。说汪老做文章，好似总穿着长袍，一袭风范；做菜时，更能点石成金。越是平常的菜，越能做出悠长的味道。这些，我们只有仰慕的份。

储福金、朱文颖、黄孝阳、育邦先生2018年9月路过凉州时，夜晚在陆家大院小坐。储福金先生因肠胃不适，找医生小看后便到宾馆休息。买了两斤卤肉，差不多被育邦先生一人吃了。育邦先生是诗人，又是正儿八经的南方人，他吃肉的神情很投入，也很潇洒。看来，只要肉好、肉香，是不分南方和北方的。

"凉州烩面"硬是
 "无烩面不成宴"

凉拌沙葱

沙葱属百合科,又称蒙古韭,是多年生草木,形似幼葱,簇生,属沙漠特产。

这是词条上的解释。

在沙漠地区,沙葱属寻常物。到了平原地区,沙葱便成稀罕物了。每类植物都有其各自的属性,若脱离了生存的环境,可能就会淮南为橘、淮北为枳了。现代科技打破了这种惯性,许多植物便难分南北东西了。我没有在沙漠中采挦过沙葱,已有的一点关于沙葱生长的知识,是由别人那里得来的。沙葱如何原生,或如何在大棚栽植,对吃沙葱的人来说,没必要那么深究。只要是美食,食客只管吃。

凉拌沙葱,便成为筵席上的一道凉菜。绿绿的装盘上来,吃几筷子,据说开胃、消食,还能杀虫,有治消化不良、不思饮食之功效。这种说法的诱惑力大,即便对食物不上心的人,也会来点。

沙葱花呈淡红色、淡紫色，掐了葱花腌制或晒干，保质期长。没吃过，不好说。倒是经常买天祝的野葱花，炝锅，别有一番风味。大凡到天祝吃饭，最后总要点一盆葱花尕面皮。炝了的葱花，香是香，往往成黑点漂浮在盆中。有人称为苍蝇面。叫法不好听，爱吃也就不那么挑剔了。

沙葱花，好像没这种叫法。

野葱花是高原的特产。

沙葱大量上市的时候，巧妇们便会包沙葱饺子，或包沙葱包子。放大肉也香，做羊肉包子也行。好马配好鞍，总能相得益彰。世上没有无用的东西，野生的一驯化，便能与人为伍了。世上没有无用的人，只不过没有找对地方罢了。

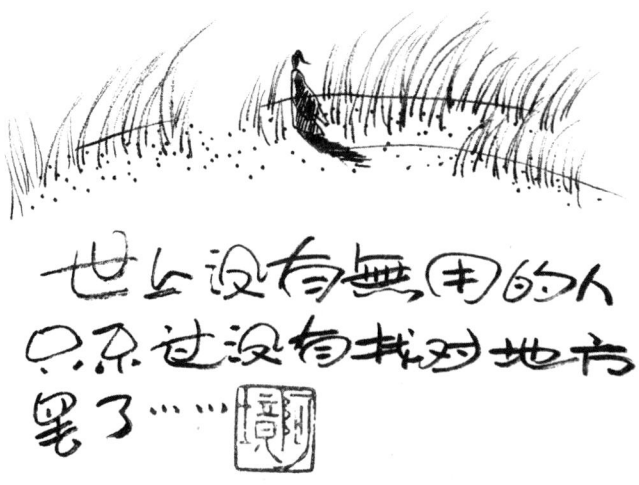

世上没有无用的人
只不过没有找对地方
罢了……

 # 沙米粉

沙米粉、面皮子、凉拌沙葱、油饼子卷糕,这是近年来接待外地朋友的四种必点美食。有人称"四凉闺蜜"。妥当与否,也不必那么较真。许多小吃的名字,叫着叫着,就传响了。譬如说:三套车。吃起来容易,解释起来总得费一番周折。当年我写过一篇《三套车》的小说,也演绎过"三套车"的由来,有人信服,有人不信。这并不妨碍别人吃"三套车"的热情。

沙米粉吃过不少。在凉州,卖沙米粉的招牌上往往会打出"长城沙米粉"。

此长城非彼长城。这里的长城指的是凉州区的一乡镇。当然,此乡镇名的由来,也与当地有长城有关。

军旅作家、诗人杨献平到凉州时,喝酒大展拳术,把自己灌得酩酊大醉。夜宿诗人谢荣胜家。第二天至沙漠公园,一气吃了两碗沙米凉粉,酸酸爽爽,大呼过瘾。献平先生原工作于酒泉卫星发射基地,河北人,后至《四

川文学》就职。写了大量的文章来赞誉河西，笔下盛赞凉州者多。他来凉州，总恍若行走在汉、唐，这是诗人独特的感受。两碗沙米粉，能让诗人如此开怀，沙米粉，也不枉担此美名了。

沙米粉最豪放的一次送法，是有人开了一辆载重卡车，拉着两脸盆沙米粉，来到一小区门口。门卫不让进。那人便打发了车，端着两个脸盆，趔着腰，大摇大摆地进了小区。后问之，说欠了朋友的情，无法表达，朋友说想吃沙米粉，便买了，找了个顺路车，亲自送来。这是发生在20年前的事，不是桥段。后被传为笑谈，见面总要提及，那人憨笑道：大卡车送沙米粉，礼轻人意重。倒也感动了许多人。

沙米属于沙蓬植物，产于沙漠，富含丰富的蛋白质、胡萝卜素、氨基酸等。过去住在沙漠边缘的人，一到冬闲，便去打沙米。打沙米不能有破坏性，否则会毁其根枝。打了籽，制作过程也繁杂。先在清水里泡，待沙米软后，拿干净麦秆，铺于案板上，将沙米籽倒之，揉搓至细，用细箩滤过，入锅烧开，改用文火煮一个半小时，再倒盆晾凉。

一种简单的吃食，若得美名，绝非那么轻而易举。还有做沙米卷的，加白面、清油、白糖等物，卷胡麻，成为卷馍。因费时费力很少有人做,也就轻易吃不到了。

当你觉得生活索然无味时,要学会给自己找些乐子。打沙米籽、做沙米粉,不是为了找乐子。卖沙米粉的乐,在于有人买吃沙米粉后说好,多回头客。吃沙米粉之乐,在于虽坐在桌边、摊前,却能神往沙漠之壮美。吃完一碗沙米粉,神清气爽。"不到长城非好汉",吃一碗"长城沙米粉",也不错。

高桩馒头

高桩馒头,有人亦称高庄馒头。有说高庄馒头是外来品的,亦有说高庄本是地名,还有说高庄馒头是一个姓高名庄的人首创的。

其实,在凉州,高庄馒头就是高桩馒头,是由其形状而命名的。凉州人把高的东西称为桩。譬如称粮食口袋为粮桩子。

高桩馒头在凉州已流传百年之久,或许时间更长。馒头亦如戏曲,流传久了,有了本土特色,往往在回溯源头时,人们倒认同、喜爱耳边萦绕的地方旋律了。

高桩馒头已经成为凉州一大特色。

我上高中时,借住在凉州西大街。如今的天马宾馆北侧,有几个大杂院,其中辛家以做高桩馒头驰名,俗称辛馒头。常听人说做高桩馒头的还有邸家,亦有高家。他们从来不直呼高桩馒头,打出的招牌常为辛家馒头、邸家馒头。往往一听吹风机响,又见热气冒天,就知道他们已在做馒头了。那时做馒头大多在下午,一至下班时节,人们便云涌而来,往往一句"高桩子",就知道有人是专为买高桩馒头来排队的。有时队伍排得老长,也成为一大景观。

任何食品,只要配享其名,就不愁卖了。

做出好的高桩馒头,一要面粉质佳,二要优选酵母,三要讲究"手气"。

凉州不凉米凉川。凉州之气候适宜小麦生长。祁连山之雪水,昼夜温差大,为冬、春小麦提供了良好的生长环境,亦为高桩馒头提供了优质的面粉资源。酵母,凉州俗称酵头子,是发面的首选。馒头做得好的人家,酵母一般是不卖别人的,一怕技术流失,二怕人家发不好面反赖其酵母不好。所以有"馒头子暄不暄,就看酵头子好不好"之说。

"手气"是凉州人评价女人做饭手艺的专用词。做面食、做菜好的女人,常常受人赞誉。同样的食材,放到不同女人的手中,做出的味道是不同的。这是经过实践验证而形成的民间真理。若同样的食材做出的饭菜味道差,凉州人就会说:好好的东西被做瞎了。

蒸高桩馒头耗费得时间长、力气多。

将面和好,还要一道一道接面。面揉光后,将面团搓成长条,再均匀地揪成面剂,反复揉转。面在手下,或成团，或舒展，待面性完全绽出后，揉捏成圆柱状，摆放齐整，放在温度适宜的地方饧。饧的时间要恰到好处，短易瓷，长会酸。在饧的过程中，加干面，还要揉搓。所以善做高桩馒头的很少得腰椎病。和面得动手、动腰、动臀，往往的情形是手腕动、腰转、屁股甩。多次揉搓的高桩馒头便有了层次，待馒头生剂圆胀时，便可上笼。

起笼后，上下笼屉蒸气扶跃。蒸气走净，取笼分晾，一笼一笼高桩馒头像阅兵时的士兵般齐整排列。买馒头的知道，此时的高桩馒头已完成了所有工序，剩下的就成吃了。

高桩馒头吃时，可一层一层撕吃。刚出笼的高桩馒头香软可口，若存放时间一长，看似冷硬，取开水泡了，即化成泥，仍旧柔绵可口。

此较适合于老人、婴儿。老人牙口不好，婴儿还未长牙时，吃高桩馒头，老人不硌牙，婴儿不怕噎。

曾有一凉州人，少小离乡，在京城居住。一日收到亲朋所寄的高桩馒头，竟号啕大哭，家人以为奇，问之，曰见到了亲人。孙子笑说爷爷糊涂了，不就几个馒头，至于嘛！做爷爷的嗔怒道：久居外地，馒头也是亲人啊。

所以高桩馒头又被客居外地的凉州人称为亲人馒头。一个馒头的生成过程是复杂的，但吃的人的心境不同，有人寻味，有人思乡，高桩馒头被赋予其崇高意义，蒸馒头的可能不会想这么高深。

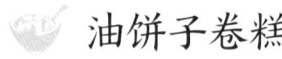 油饼子卷糕

油饼子卷糕,原为凉州人过端午节时的标配食物。凉州人性格豪爽,在做美食时以大取胜。过去人们吃油饼子卷糕,先看一大一软:一看油饼子的大小,糕的多少;再看油饼子是否酥软,糕的成分是否单调。

凉州不产稻米。种糜子、谷子多。糜子、谷子色泽金黄,但叫法相异。凉州人一般把糜子碾壳后的叫黄米。稻子碾成的叫白米。故而在米类中,又称北黄南白。过去吃米饭,黄的叫黄米稠饭,白的叫白米饭。黄米饭干吃,忌讳说吃黄米干饭。干饭是献饭,是在死人棺材头前献供的。白米饭洋气的叫法是大米饭。稻米的颗粒大,糜子、谷子的颗粒小。从大小上的叫法也有区别。

南米北面。那时的大米到了凉州,就成为金贵的东西。

卷糕用的是糯米,富有黏性。我们小时候,不知道糯米和粳米的区别,统而称之为白米。只要有糕吃,对细节就不那么较真了。较真的是做糕的人。

端午节，是个隆重的节日。春节过去好长一段时间了。清明祭祖，能过过馋瘾。但清明又称寒食节，一般拒绝大鱼大肉，沾祖先的光也不好沾。一至端午，看到父母到粮店买米、商店买枣等类东西，心花便随豆花一样开放。

凉州城里的人还要包粽子，多以外地人为主。苇叶在白疙瘩、柳湾湖有。现采麻烦，街上也有卖的。凉州本地人以蒸糕为主。家境好的，卷糕中用的东西就多，除枣，还有葡萄干、蕨麻、核桃仁等。一般人家，就直接卷枣了。炸了油饼，卷了糕，最兴奋的还是家中的孩子，为吃，有时实在顾不了那么多的脸面，尤其是在食物匮乏的年代。

油饼子卷糕一吃，端午便热闹起来。

五月端午穿出来。过年的新衣服又会上身。五色花绳系手腕、脚腕，五色荷包挂于腰间，鲜鲜亮亮出门。防五毒是一个方面，更重要的是在游玩时显摆。五月端午这天，要游百病。大云寺的钟鼓楼上，走海藏寺的桥洞下，雷台湖后的柳林里，远的至白疙瘩、柳湾湖，男男女女，老老少少，闻香寻沙枣，折柳编帽戴，那种爽心，是发自内心的。这与南方赛龙舟、吃粽子祭屈原的情形迥异。屈原自沉汨罗江时，凉州还属少数民族聚居之地。长鞭飞舞，青草葳蕤，牛欢马叫，圆月弯刀，自是北地风光。"穿出来"的不仅是新衣服,还有吃饱肚子的希望和对生活的美好憧憬,更有青年男女的爱意。姑娘们腰间的荷包便是明证。谁家姑娘的荷包被抢得多,谁家的姑娘肯定受看,提亲的人也多。凉州古城犹在时,这种盛景会在城墙上、街巷中持续三天。

可惜,这种盛景已不再,倒不是凉州姑娘矜持多了,而是生活发生了过多的变化。天天想吃糕,天天有糕吃。五月端午的许多习俗,便渐渐远离成人们的记忆了。

油饼子卷糕不再是人们五月端午独享的美食,它已走进了寻常的日子里。市场里有了专卖的人,只不过五月端午多做些罢了。做法已不再讲究以大为胜,亦有小巧玲珑的。吃法亦斯文起来,过去手托了油饼子卷糕,一下口,满口的香,满手的油。现在,用筷子夹了,慢慢品尝。日子就在不慌不忙吃油饼子卷糕的过程中有滋有味地向前推移。

什么油饼子卷什么糕,糕里搭配的东西也越发丰盛起来。油饼子和糕成为亲密的伙伴,合作得越出彩,日子的滋味就越甜蜜。一吃享美味,只要有心或留心,再寻常的食物也会吃出美好来。

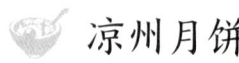 凉州月饼

在厨房里看到的母亲很美。看川端康成的散文时,这句话跳了出来。女性姿体的张力,在厨房里确实很美。女性很难出现大厨、高厨,这是由体能等诸项原因造成的,但任何美食,差不多都与女性有关,或与女性脱不了关系。美食中的黄焖羊肉、爆炒牛肉等看似硬菜,也不乏阳刚,但所有被人认同的美味,大多有阴柔的一面。

食物也有其阴阳性。或为中性。

凉州月饼有三大特征:大,鼓,酥。

大指的是个头,鼓指的是形体,酥指的是特性。

香是自身带有的。

大月饼得大笼屉蒸。月饼多大算大,没有特别的规定,有人说直径有1.2米的。多大的笼,蒸多大的月饼。说起来容易,蒸起来不易。大的层多、层厚,面得暄,火得匀。这就要通力协作,任何一个环节都不能马虎。火大,锅里的水易干。一旦笼蒸上锅,月饼不熟时不能轻易揭盖,

以防漏气。一漏气便前功尽弃。火小,易塌火,月饼会夹生。大月饼用面多,发面、接面得环环相扣,稍一不慎,面会发酸。迄今还没听到有酸面月饼的说辞。月饼酸了,人吃起来无法下咽,即便喂鸡,鸡也会挑挑捡捡。

鼓,凉州俗称暄方。凉州人把长得胖且匀称的姑娘称暄方的姑娘。月饼论层,厚者层多,薄者层少。大多分5层、7层、9层,但不能超过12层。一年有12个月,代表四季。这种说法有无道理,民俗学没有确切的答案。层数多,面暄,月饼便会鼓起来。若月饼太暄鼓起来顶翻了锅盖,是一件令家中老人忌讳的事。所以不遇特别的事,一般不会蒸12层的。那种蒸气和面鼓起来的劲,不小。

八月十五又称月饼节。一年的节日中,有三大节日必受人们重视,这也与吃有关。五月端午、八月十五、春节。一到八月十五,丰收已至。月令转移,创造了许多节日的风俗。望月、献月,就有许多讲究。望月前,还有"拉太阳"一说。过去月未望完,是不允许吃月饼的,据说偷吃了会歪嘴。蒸月饼一般在下午。月饼一出蒸笼,有年长者便端至堂屋。门窗用白纸糊了,等到月亮出来,撕掉白纸,将月饼移至院中的供桌上,年长者焚香、化表纸,并将桌上盛的一碗水泼向屋顶,而后倒扣碗,旁边的小孩还要唱月令歌：月亮月亮圆圆，月饼月饼胖胖，吃一口，想一口，吃得月亮发羞。东升升，西落落，月亮婆婆莫急，西瓜牙牙你吃……

天上月亮，地下月饼。

切开的月饼称墩，一墩一墩。

味道好不好，就在酥上说。好月饼入口即化，红曲、姜黄，是食色；清油、胡麻是点缀。闻之香，入口化，虽不是比赛，谁家的月饼好，早已口口相传。一到八月十五越发自信的女性，肯定是月饼蒸得好的。

月饼有没有前生今世，不知道。任何美食都有美的理由。当嫦娥的传说越来越式微时，那位伐桂的吴刚再也举不动斧子了。月饼也不再是八月十五的专属品，市场里一年四季都有卖月饼的。月饼逐渐退化了社会性，而成为文化的专属符号。乙未八月十五前，我约请凉州画家们画月饼，将蒸好的月饼，不点红点，或六点、九点的六、九顺常规装饰，专让画家王世发画荷，图案一出，发至网上，惊艳一片，山东女作家东紫以为瓷器。月饼与瓷器相媲美，可见凉州月饼的魅力。东紫，也用另类方式点赞了凉州月饼。

月饼还得有配盘。配盘，大多由巧妇所为。似乎十二生肖纷纷登场，最有意思的是俗称为"孙猴猴"的孙悟空,出笼画了皮袄,赶着一群"花花雀儿",意为赶雀,保护庄稼。这些东西不像月饼,存放的时间长,它们成为女孩子们比评母亲手艺的玩赏之物,有的能存到来年。

还有专点鸟雀眼睛的一种植物,一般潜伏在胡麻地中。一到八月十五,采了,一揉,籽油黑发亮,作面鸟雀的眼睛倒也相宜。现在凉州很少种胡麻,这种东西再也见不到了。

蒸月饼的学问,其实也是人生的学问。月饼最底层的层要厚,这是基础。然后一层要比一层薄,蒸时好透气。层数达到了,还要裹皮。那种皮要裹住所有的层数。不管层数多厚,都要相互体贴,以求圆满。

能达到圆满的人生,付出的也会太多太多。一层一层往上走,每攀登一步,得有匹配的努力,要不然,就会既生又酸。既生又酸的人生,该是怎样的一种人生啊!

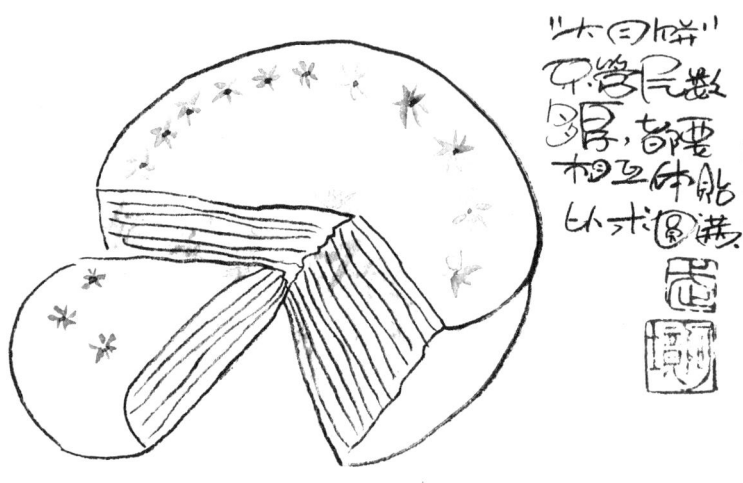

肉夹馍

肉夹馍和肉夹饼的区别在于,肉都为卤肉,夹馍者肉为块,夹饼者肉为末。馍为馍,饼为饼。味道不说,外形一目了然。

肉夹馍其实应为馍夹肉。本末倒置,也有说法,馍贱肉贵,单以价格论,肉在前,馍在后,也有其道理。

凉州肉夹馍,夹肉的馒头是高桩馒头,肉是精选的卤肉。

相声演员苗阜、王声有段调侃肉夹馍的段子,很有意思。说肉夹馍有个很洋气的名字,称 RJM,是汉堡包的前身,意为从中国传出去的食品,此能否成立,权当相声听。但凉州肉夹馍的有名,在于货真价实。

更重要的是实惠。一个肉夹馍,既填饱了肚子,又品尝了美味。且好带。用麻纸包了,吃时打开,亦方便。

卖肉夹馍者得刀工好。馍用刀剖,薄厚均匀;肉若纸薄,能入口即化。

若行旅，或外出劳作，尤其是团队劳作，买了肉夹馍，再来一暖瓶凉州茯茶，馍就茶，馍酥肉香茶甜，生津生力。

最忌讳的是馍中夹闷子。

闷子是凉州粉肠。作为卤肉的搭配物，卖者添斤两，买者调口味，若单吃，未尝不可。有些卖卤肉者哄骗伎俩高，也把闷子当肉卖。我上初中时，凉州文化广场里，卖卤肉的摊位多，间或有农民进城，想过一口卤肉瘾，便摸出一两毛钱，卖卤肉的往往切几片闷子充数，回村后炫耀，会被晓得内情的嘲笑。当时流传一句口头语：老乡进城，上了闷子的当了。

闷子充当了冤大头。哄一次可以，第二次，人家买卤肉，待肉称好了，才来一句：搭几片闷子。卖卤肉者知道人家是行家，便笑哈哈地切几片闷子。

买卖之间，学问亦深。

偌长的河西走廊，进入凉州，乃第一站。若赶至嘉峪关，在甘州不歇脚，最好带的美食便是凉州肉夹馍。走时以人多少，夹几个肉夹馍。路上饿了，矿泉水就肉夹馍，肚子饱了，千里走廊的寂寞也就消解了不少。更免了出高速路口寻找饭店的麻烦。所以，惯走此路的人就传了口碑：千里河西走廊，有凉州肉夹馍扛着呢！

扛的是肚子不饿，有精神。

交通的便捷，也得有相匹配的食物。

吃了肉夹馍，就有了精气神。关键的问题是：馒头必须是高桩馒头，肉必须是凉州正宗的卤肉。名实相副，才有意趣。

三套车

新世纪前后,一提凉州美食,除面皮子、凉面、油饼子卷糕,上北关市场吃三套车,到核桃园吃白水鸡,成为人们的口头禅。久而久之,催生了一句美谈:不到北关市场吃三套车,不到核桃园吃白水鸡,不算来凉州。后来为了环保,取缔了核桃园的摊位,几百年的核桃树得到了保护,凉州人"卖荫凉"的举止就此结束。

20世纪末,"卖荫凉"成为夏秋凉州人休闲的一大特色。凡有荫凉地,就有卖茶处。茶摊林立,吸引了本地和周边人蜂拥前来,对生态构成了威胁。为保护特有的生态环境,凉州毅然决然取缔了开设茶摊的这种休闲方式,还绿于自然。绿城凉州,成为人们的向往。

一方水土养一方味。北关市场,成为凉州三套车的专营之地。大凡品尝三套车的外地朋友,吃三套车时总要问及三套车的来由。因为三套车易于让人想到俄罗斯的民歌《三套车》。

《三套车》,又称《马车夫之歌》。由列昂尼德·特瑞佛列夫作词,彼得·格鲁波基作曲。俄罗斯因地广人稀,过去马车成为人们重要的交通工具。有马车,就有马车夫。马车夫长期奔波,路途漫长而寂寞,便用歌声来打发时光。在旷野中,唱者放喉,听者唏嘘,曲调忧伤而苍凉,马的泪也会打湿前蹄。

俄罗斯民歌《三套车》,与凉州美食"三套车",风马牛不相及。

凉州美食三套车最早由谁命名,没有准确答案,叫的人多了,便成就了一道美食的名字。

三套车由茯茶、行面、卤肉组成,是一道美食套餐,也可以说是美食组合。三种美食组合各有分类,卖茯茶的,卖行面的,卖卤肉的,自由组合。摊位、铺面由卖茯茶者提供。食客一到铺面坐定,茯茶一上,卖卤肉的、卖行面的便会前来,问多少肉、几碗面,卤肉要吃头肉、肘子,还是要加一点卤下水,面要粗的、细的、大的、小的,一报,一杯茶还未喝完,卤肉装盘,行面上桌,齐活。其实,谁家的茶、谁家的肉、谁家的面,都心照不宣,早由卖茯茶的定了。如果点别人的,也不能生气,这是吃三套车的规矩,也是食客的权利。吃完,卖茯茶者统一结账,而后分交卖行面和卤肉的人。两清。很少有争吵,一派和谐、融洽之气。

放眼全国,这种和谐的美食组合,也不多见。

熬茯茶,得下功夫。据说已成品牌的茯茶,里面所加的东西有20种之多,焦枣、桂圆、葡萄干、水果干、核桃仁、枸杞等,味道醇而色泽正,喝时加点白糖,佳味便冲杯而出。

吃三套车,非得在北关市场吃,吃的是那种氛围。有不服输的,选择几窗明净的餐厅或沿街铺面开店,茯茶、行面、卤肉也由一家专有。红火可能也红火,总不如在北关市场吃那么令人惬意,原由还是三套车是三家的组合,而非一家专有。这是由三套车本身的潜规则所决定的。三种味道是三家的味道,三味互烘,这才是三套车的本真。

有聪明的商家,偶尔有名家来吃三套车,走后便收了所坐的凳子。据说阿来老师所坐过的凳子,就被人收藏。阿来老师2017年在首届"凉州论坛"举办时被邀来凉州,中午到北关市场吃三套车,有读者抱了一大摞《尘埃落定》赶来请他签名。阿来老师神定气闲,不以环境所限,一一签了。那种专注,不逊于在任何书店。

2012年8月,阿来老师首次来凉州时,曾在我乡下的土院里歇息。吃晚饭时找不到人,打电话,他正提着相机,在田野里到处寻觅。寻找植物,这是他每走一处,必做的功课之一。回院后,他直接进了厨房,再三请他去院中的桌前就餐,就是不肯。他坐在厨房里的小凳上,端着碗吃饭,说:这才是人间烟火。令人感慨不已。那时,我母亲还在世,已无法在厨房里帮忙了。

2019年,北关市场进行了提升改造,北关市场的环境大为改观。

三套车还有一种吃法,将卤肉放于行面碗里,用筷子搅拌几下,肉和行面融为一体,再与行面的卤汁混合,吃起来也别有风味。

LIANGZHOU
SHISHI

糟　肉

最香不过五花肉。配了腐乳的五花肉加工蒸制后，叫糟肉。

这种五花肉是猪肉，俗称大肉。

把猪肉称大肉，是凉州惯常的叫法。有无确切的指代，不太清楚。20世纪70年代，流传一段子。书画家麻永忠先生在金羊教书时，几个同事要来家中做客。那时的麻嫂现在的麻奶奶一再叮嘱，说教师是有文化的人，中午焖的米饭不能叫大米饭，要叫白米饭。买的猪肉，一定要叫大肉，不能叫猪肉。麻永忠先生说记住了。买的是卤肉。客人到，麻永忠先生指着猪头肉说：请吃大头肉。指着猪肚子说：请吃大肚子。客人莫名所以。麻永忠先生慢条斯理地解释：老婆说了，叫法要洋气。众皆哄笑。看了有关资料，才知凉州人把猪肉叫大肉也有由来。在六畜中，从功能、实用性来看，有"天天吃猪肉，日子才有味"之说，故以吃多者为大。

糟肉之糟，不好理解。五花肉不是汗腺肉，并非糟粕。或是蒸时要腌制一下。美食之做法，各有其道。每道美食，都有其秘制之法，也体现着厨师的智慧和心血。

糟肉肥而不腻，与腐乳相伴，蒸之上盘。其肉码切如山脊，坡不陡，取片加入馍片合页，入口酥烂，汁流金黄，赏心悦目又爽口，是解馋之爱物。

所以多少年来，凉州人待客，糟肉一直不能离缺。筵席上没糟肉，不仅缺的是能引发人食欲的东西，还缺礼数。

计划经济时代，食物匮乏，一年难得见肉。城里人或凭票或限量供应。我一进城，二姨妈就让我去排队买肉。夏天尤可。一到冬寒，得起早，到西街的肉铺店去排队。那时从事副食品行业的人很牛，男、女体形皆胖。一听是称饮食服务公司的人，人们都会羡慕。他们有着近水楼台的优势。一直到上午9时，有人一一卸了门板，穿蓝大褂的师傅口里叼着烟、手里端着一粗壮的罐头杯，玻璃的，杯中的茶叶趾高气扬，杯上套着钩制的杯套，晃晃悠悠地来到栏柜，把刀从插在吊于铁钩上的片猪身上拔下，咣啷丢在磅秤上。

牛气哄哄的时段便开始。

买肉的盯着卖肉的壮汉，赔着笑脸。限票限量的两斤肉，若带了骨头，肉就瞎了。有吵闹的，卖肉的把刀一挥：爱要不要，下一个。肉不多，不到两个小时便剩空架。由不得人选择。买了骨头肉的人自叹命苦，边诅咒边出门。许是我瘦弱，买的肉少骨头，且有肥膘，二姨妈老说我会买肉。岂不知在卖肉的下刀时，我在心里赔了多少小心，恨不得自己变成一把刀，或能使魔法，让卖肉的那把刀专往肥肉上走。

能买到两斤肥肉，美成瞌睡遇到了枕头，怎么做梦都有肉香。

那时吃糟肉非得等到人家待客。婚丧嫁娶中，丧席一般简单，乡人俗称啃死人脚巴骨，不能挑剔。一看到有媒人油着嘴、泛红着脸出入人家，肚里的馋虫就会爬上爬下。待探听到娶媳妇的人家定了日子，如果这家人家养猪，就有人跑到猪圈旁，目测猪的膘分薄厚。看到猪食中掺了黑面，人们都心照不宣，这猪，离挨刀的日子不远了。

为了那口糟肉，没相干的人都会盼望着猪一夜之间肥起来，肥得能让那几片五花肉飘飘悠悠在眼前。

糟肉一上桌，席总爷（吃席坐主位的人）的眼神就亮了。他也得有脸。席总爷瞅着肉，手托馍合页，一筷子下去，夹住两片肉，放入馍合页中，一滴汁水滴到手背，他用嘴舔了。其他人的筷子便蜂拥入盘。没抢到的看到盘底被人捣烂的几点肉末，用馍合页夹了，无限楚酸地含在口中。眼软的便有了眼泪。席总爷端起一杯酒，说：请。其他人眼前没酒，吃了糟肉的也会应和，说请了，没吃到糟肉的便腹诽：请你妈的请。

为吃到糟肉，有人曾专练筷技。据说有练到火候深的，能夹住飞的苍蝇。

日子一成了五花肉，人们便喜瘦不喜肥了。

糟肉的美也在于时代。有人称装盘后的糟肉玲珑，似不合适。用壮美，亦嫌粗犷。一排一排的山脊上，一抹一抹的棕红色亮汪汪地引诱人们的食欲，这也是糟肉的魅力。

舒服才是最好的一种美。

鸡 肉

最纯不过土公鸡。最补不过老母鸡。

土公鸡要爆炒,老母鸡要炖汤。这是凉州人吃鸡的两种做法。

土公鸡的品质贵在土。这土有讲究,一要在能接触土地的地方散养,二要喂与粮食有关的食物,而不是饲料。还要养够时间。俗云:八个月大的公鸡,三年以上的母鸡。

八个月大的公鸡好等,三年以上的母鸡,谁有那么大的耐心去等,况且三年老母鸡已成药,补还得看体质。

食材好还需好厨艺。寻常之物一进入酒店、饭庄,身价暴增,滋味能否增加,不好说,所以到酒店吃鸡,吃面片子,总不如到乡间找一农户,以最原始的做法来得爽利。

吃也得讲究环境。

在大土炕上吃海参、鲍鱼,或在高档酒店吃洋芋丝,一样的大煞风景。

过去农户家招待客人,无外乎铁三角:爆炒鸡、油饼子、行面。

鸡现宰现炒,油饼子现烫面现炸,行面现和现下。鸡不失鲜,饼不失香,面不失筋。

柴火炉,大铁锅,花椒姜皮子。油用胡麻油,一炒香半村,引得嗅觉灵敏的狗也会来到门上汪汪几声。一上桌,鸡油亮油亮,夹肉在手,入嘴即香。那汤汁,浓稠欲滴,若有热馒头剖片,蘸汁吃,汁入馍片,其香更深。

爆炒土公鸡,其妙在火候,在味料,在过程。

南方人煲汤,北方人炖汤。说炖不称煲,所用器皿不同。凉州人炖汤,一般用砂锅。越是土窑烧的,越能炖出滋味。爆炒听响,清炖听音。是说爆炒用旺火,清炖用温火。爆炒噼里啪啦,清炖咕咚咕咚,凭声辨色,巧妇很懂得如何将味爆香,将汤熬鲜。

一爆一熬,有的是学问。乡间农妇从不探讨深奥的做法,仅凭手感,便能判定色味。可惜,这样的人也不多。一村有那么几个,也能撑撑体面。过去判定女性是否能干,有"上炕裁缝,下炕厨子"的标准,现在,城乡一体化,在乡间,能将食材做出美味的人,也越来越稀缺了。

稀缺也是一种美,正如废墟所带来的废墟美一样。选择余地越小,珍贵性越强。亦如那首快要消失的儿歌:

一听狗在咬,舅舅来家了。杀公鸡,叫鸣呢。杀母鸡,下蛋哩。擀行面,没面呢。

往往弄得舅舅哭笑不得。

如今,什么食材都寻常,对厨师的挑战就更大了。

凉州还有两种做鸡之法,一曰果木烤土鸡,二曰油炸童子鸡。

果木烤土鸡,原非凉州特色。因了金羊人赵万东呼叫引领,前几年硬是引出了一条烤鸡一条街。十家烤鸡九姓赵。后城区改造,果木烤土鸡逐渐败落,赵万东竟跑到了清水镇,租了一院房子,天天抖音叫卖,成了网红。果木不串味,鸡也有讲究,做法各有招,吆喝声也得跟上时代。

创牌子,是多么不容易的一件事。

油炸童子鸡,兴起于清源,流行于凉州城。不知何故,近年已难觅其踪。原来做油炸童子鸡的老孙,不知又从事什么行当了。

早年间,凉州的卤鸡很有名。卖卤鸡的只在晚上出摊,推一两轮手推车,车上挂着马灯,一路香味引诱着人。吃卤鸡,喝烧酒,美炸了。往往一只卤鸡,几两散酒,吆五喝六,日子便美成了美味。冯天民先生以豪爽出名,一日买一卤鸡,就着烧酒吹笙,忽闻敲门声,便将卤鸡塞入被窝。敲门者是几位朋友，据说是闻着香味来的。有人闻香掀开被窝，众皆大笑，吃卤鸡的吃卤鸡，喝酒的喝酒，吹笙的吹笙。这是过去凉州人生活的大景观。尤为一群文化人，谈笑多儒气，鸡酒伴乐行。卤鸡香，伴酒谈天，音乐亦香，三香并美，美美与共。可惜，凉州卤鸡已风光不再，不是鸡卤得不好，而是已经没有卖卤鸡的人了。

爆、炖、煮、炸、卤，滋味不同。浪一回凉州，吃不同方法做的鸡，也很有意思。马步升老师之女马英子上大学时来武，马嫂说英子口刁，一般味难入其眼。英子听武威的同学说，凉州只有凉面、面皮子好吃。那次，竟没让英子吃凉面、面皮子。在海藏路吃果木烤土鸡，在核桃园吃白水鸡。英子待得时间短，鸡未吃全，约定再来时请她过过瘾。英子也说毕业后来凉州工作几年，吃遍凉州美味。近十年了，英子也没来过，步升老师也来得少了。但步升老师对武威作家的厚助，比吃鸡更意义重大。若把美食作美文，是步升老师评叶梓《陇味》时的评语。世上流传下来的美味，大多与文人有关。吃是一码事，写又是一码事。大漠孤烟十里直，没有美食总不如。

人一辈子吃美了，也就活美了。

鸡肉垫饺子，亦为凉州特色美味。

老母鸡的胸脯肉，麻腐馅的饺子。胸脯肉置下，饺子坐上。一锅即出，肉香、饺香。两种食材，一荤一素。荤中有素，素中带荤。绝配。

老母鸡的胸脯有多大，麻腐馅的饺子有多饱，这不是食客探讨的问题。老母鸡坐窝肚皮贴地，生蛋肚皮亦贴地，一俟离地，翅膀一扇。坐窝育小鸡，生蛋为人类，撇却蛋生鸡、鸡生蛋的哲学问题，老母鸡的胸脯肉瓷实，嚼时筋道。肉筋道，饺软香，一硬一软，牙喜舌乐，滋味满满。

行家曰：鸡肉看色，饺子看皮。

不是所有的老母鸡都能担起此味。现在的鸡，已成后现代工业的产物，钢棚起架，蛋蛋滚槽，一俟蛋期完结，便进入了离棚的环节。蛋鸡变肉鸡，便走完了鸡的一生。

饺子看皮。鸡肉垫饺子中的饺子皮，和一般饺子皮有区别，太软则糊，太硬则生。其他饺子要煮，垫饺子的饺子要蒸。硬软适度，鸡肉香附于饺子皮，一揭锅，满满的饺子在香气中列排，用筷子一夹，放置小盘中晾一阵，若急，香则香矣，会烫伤喉咙。所以美的东西要远观而不可近亲，太近，则趣味全失。

我在乡下园中养的鸡不多，但鸡很幸福。园不大，足够鸡活动。杏花、桃花一开，鸡最先欣赏。一俟苹果花开，杏花、桃花落英一片。鸡啄花瓣，也算花的一种归宿。至八九月，诸果次第而熟。鸡不理落桃，专捡落梨。若落果完好，鸡不啄果，需用刀切碎。时日一长，口味就刁。有伤的果，鸡不再光顾。十月苹果下树，好的入窖，次等堆积，让老父每天切几个扔进园中，鸡有时吃，有时不吃，碎片层撂，权当肥料了。

养鸡不易，吃有滋味的鸡亦不易。乡人曾云：宁养猪，不养鸡。是说鸡食量不小。我每逢周日、节假日回乡，清晨扫庭院，日远喂鸡狗。鸡多吃玉米粒碾碎的食料，再辅以苹果，所以，我家的鸡又称苹果鸡。

丁酉鸡年九月，著名青年舞蹈家王亚彬至凉州，访鸠摩罗什踪迹后，至我乡下院中就餐。煮的就是苹果老母鸡，拌的是园中的小白菜。久居都市，走南闯北的亚彬老师，食胃大开。吃鸡腿、泡月饼、喝鸡汤，很是兴奋。苹果老母鸡汤泡凉州大月饼，亚彬老师问是何吃法，答曰：鸡肉泡。亚彬老师叹曰：味胜于羊肉泡。亚彬老师回京，一年后，反映鸠摩罗什的舞剧《一梦·如是》完成，惊艳舞界。此舞剧在天津、北京公演，好评者如潮。几年来想让亚彬老师带团队来武公演，一直未能如愿。鸠摩罗什在凉17年，学界有言：无凉州则无鸠摩罗什法师译经之大成。

有文朋诗友来,总到杨府巷祥和饭庄去吃鸡肉垫饺子、羊肉垫卷子,再配以面皮子、沙米粉,若适值有沙葱时,再来盘沙葱,众人皆曰好吃。店面虽小,但味纯正。有人历游河西,到得凉州,有吃过别处的,都说凉州鸡肉垫饺子好吃。

好吃便不会忘记。不会忘记便会再吃一次。美食美味多赖口传。口碑即立,对于美食来说,又该是多么不容易的一件事。

煎　饼

煎饼从做法上看，本也为寻常食物。将面粉在盆中稀释，搅匀，加鸡蛋，调适量豆粉，用温火，以平底锅摊之。这种平底锅又称鏊锅子，用生铁或熟铝做成，较厚。早年间专有走村串巷做此物件的人，现今已基本绝迹。

搅好的摊煎饼的面汁水最大的讲究是稀稠适宜。汁水中加盐和少许花椒末儿，或韭菜，或小葱叶，切为末、段，是为增鲜和提味。入锅前闹清油。油不可过多，不粘锅即好。用勺舀面汁时，依锅底大小而定，多则厚，少则烂。一俟一面干浸，则翻烙。时长会焦黑，影响美观，也影响口味。

再大的饼，也大不过烙饼的锅。

拌好三丝，加芥末。俗云：冬吃辣子夏吃蒜，卷煎饼的芥末清肺肠。古人对食材，有的是说法。鼻子擂擂，嗓子痒痒，几声喷嚏，惊天动地。

与正月十五吃元宵一样，吃煎饼要在每年的正月二十日。

正月二十是补天节。

旧时正月二十是个严肃而富于献祭仪式的节日,这与神话传说中的女娲有关。人类的始祖女娲炼石补天,在人们的心目中占据重要的位置。补天漏与人类的生存有莫大的关系,女娲受人们敬重就理所当然。摊好的煎饼,第一块要抛向房顶,谓补天;第二块要铺在地上,叫补地。有的地方,在抛向房顶的煎饼上要穿红丝线,有井或水池的地方要将第二块煎饼放置井中和池水中。

补天补地,其实是为了补心。正月二十已到,该收心了。工作的正常工作,种地的开始种田。闲了一个冬天,春气发生,人心萌动,一年的盼头又开始了。

煎饼要圆,人心要长。

现今,煎饼可以随做随吃。但正月二十吃煎饼的习俗还一直保留着。

羊 肉

狗爱啃骨头,猫爱偷腥,刻在骨子里的东西有时很难改变。吃羊肉也一样。有人喜欢清煮,有人喜欢黄焖,有人喜欢烧烤。

哪种吃法都有道理。

在凉州肉类中,资格最老、作用最大的,当属羊肉了。

凉州自古是羌、月氏、匈奴等少数民族聚牧之地。据有关资料记载,羌、月氏、匈奴等少数民族,是养羊的好手,也是吃羊的行家。沿袭千百年,吃法可能没那么生猛了。凉州人吃羊肉的做法之多,吃法之杂,还在延续。

羊羔肉盖饼子焖煮,称羊羔披毡胎;羊肉剁块生煮,叫手抓羊肉;加覆做好的面卷子,称羊肉垫卷子;将羊下水煮好切块回锅称羊杂碎;将煮好的羊肉剔骨,在腊月的风下吹干,叫腊羊肉;将羊头熬成汤,泡上蒸馍馍,称羊头汤泡馍馍;将羊蹄子熬汤烹制,叫糊羊蹄;完整撕下现杀的羊内脏上的油,将精羊肉切碎,裹在油中,用线斜扎,煮熟切片,称油脂裹羊肉;将羊肠洗净,装入剁碎的肝、心、肺,拌适量炒面,煮时用针扎小洞排气,出锅后称肠脂裹杂碎;至于烧烤,分类亦多,不一一例举。羊肉,从头到尾,从内到外,无一不能吃,无一不好吃,关键看做得地道不地道。

最地道的吃法,是吃羊尾巴。据说,能拿住羊尾巴的人,是最懂得吃羊肉的人。可惜,迄今还未见过如此有豪情的人。只在多年前下乡时,见人朵颐羊尾巴,围坐的人都四散而去,那种满嘴的腻,令人反胃。

人越现代,吃法越精细。古人的那种狂野吃法,已没有环境了。那种历史的气味早已烟消云散,留在做法中的便有了时代的印迹。

美食也有时代性。生命传承中的美食,从羊肉的气味变化中就可嗅出。

我小时候,最怕吃羊肉。怕得是腥膻。

家中允许养羊时,各家各户都会养几只羊。我们的任务,放羊多一点。最惬意的是夏、秋收之后,麦茬地里,羊一撒开,天上白云飞,地下羊儿欢,我们可以追蚂蚱,垒土垒子烧洋芋。一场雨过后,豆茬地中遗落的豆子,便生出了芽,拾了,装在仅有的一只口袋中,到家后，在锅里炒。豆子膨松，在锅中跳弹，出锅，酥脆。那是绝对的美味。养羊的平素舍不得杀羊，一至腊月，家境好的会杀一只羊，将羊腿吊在房梁下，显摆，也防猫儿偷吃。家境一般的，等人家杀猪时，会买几斤猪肉，吃羊肉是一种奢望，只有过过眼瘾的份。

宁穷一年，不穷过年。年境变好时，到过年，找一只不大的羊杀了。羊腿照例要吊在房梁下，此不是为了显摆，而是为了细肉长吃。挂到春天来时，羊肉已发黑，还有淡淡的臭味。有臭味的羊肉也是羊肉啊！舍不得扔，盼了一冬的黑狗，闻着有点发臭的羊肉，只能呜呜地叫几声。煮完羊肉的锅中还有点油花，狗知道，它也只能等着油花漂在清汤寡水上面。

吃过羊肉汤的碗，十天半月都有腥味。为去腥，我们常常跑到沙子沟中，用沙子翻来覆去在碗内搓擦，实在去不了腥，便举着碗，在灶膛的火边烤。

羊吃的是真正的草，夏秋是青草，冬春是麦草、谷草。谷草硬，羊不爱吃。羊爱吃的是玉米秸秆。在大集体时代，秸秆分不到几根。分到的几根，我们权当了甘蔗，咬得满嘴香甜。

羊肉是否腥膻，在于草质和水质。凉州长城的羊肉好吃，是草里含碱。

多年的印象，使我少吃了二十多年的羊肉。

当教师时，也曾耍了几年手艺。吃羊肉绑份子，我帮灶。瞒着做饭的师傅，加葱、蒜，还有孜然，羊肉居然很好吃。做饭的师傅只是附近村里能做面条的人，哪知有那么多煮羊肉的学问。

也做黄焖羊肉。把油温热，将大葱炝锅，抓适量的花椒，翻炒几下，香味便漫出。将切好的羊肋条下锅，加水，焖到熟时，翻个儿，加孜然、料酒、酱油，出锅后弥散出的自得，全在吃羊肉者的脸上。

放开吃羊肉时，是羊肉真的少了腥膻味。

清水煮羊排，又叫甜水羊排。用纯净水煮出来的羊排，味跟自来水煮的有区别。一次与友人相聚，他说检验羊肉肉质的好坏，在吃涮羊肉时，在火锅中加纯净水，直接涮，鲜味便会出来。第一次用纯净水涮羊肉，确实很鲜。

看一本书，说过去凉州寻常人家少茶叶，便将馍切片，烤焦，客人来，将焦馍片泡于开水中，水便有了茶叶色，很好喝。没喝过，不好妄下结论。有意思的是说吃清水羊排时喝这种馍茶，能解腻。

那种茶叫焦馍屑，很高级的一种称呼。

黄焖羊肉适合重口味的人。里面加洋葱、粗圆粉。

羊肉垫卷子中的羊肉不宜太嫩。卷子要薄厚均匀，卷点香豆子,味道更佳。

搭配适当也是一种美。在吃羊肉这件物事上,凉州人确乎有汉唐气象。

烩 菜

常识止步的地方,美食就起步了。

不好做,烩一锅。说得是烩菜。烩的意思是将多种食物混在一起烹煮。

凉州烩菜中的多种食物混配,是一种亲密的组合。

卤肉片、肉丸子、发菜蛋卷是三配,不是三混。其他菜为辅菜,大多是熟品,白菜也焯过,忌放生萝卜。生萝卜会走味。

盛烩菜的一般为砂锅。现多为瓷锅。用铜锅子盛的叫菜锅子。

食物一杂,汤很难保持纯鲜。

凉州烩菜的妙处在汤鲜食热。

发菜是一种藻类,生长于干旱半干旱地带,形状、颜色神似头发。故名。又谐音为发财。

凉州烩菜,以发菜显其富贵,所以多用。无发菜蛋卷无以成烩菜。发菜蛋卷,鸡蛋为圆满,发菜寓发财。

圆满富贵，人之所求，菜之所愿也。

清康熙1666—1668年，著名戏曲家李渔因陕、甘高官朋友所邀，历游陕、甘两地，在甘肃甘州留居多时。后在古浪一炕头发现发菜，先疑，经释惑后欣然食之。"浸一滚水，拌以姜醋，其可口倍于藕丝、鹿角等菜"。这样拌食，未尝吃过，盖因其珍贵。李渔又云：菜有色相最奇，而为《本草》《食物志》诸书之所不载者，则西秦所产之头发菜也。为"为值甚贱"，深叹之。"四方贱物之中，其可贵者不知凡几，焉得人人物色之？发菜之得至江南，亦千载一时之至幸也。"发菜与江南有了交集，至李渔始。

烩菜中还有面鱼子、夹沙等物。鱼者，余也。吾幼时，至过年，母亲在炸油馃子时，总爱炸面鱼子。面和鸡蛋搅匀，捏成鱼状，入锅炸至金黄，用竹筛盛了，做烩菜时加入，其味香软。夹沙做得少，或不做，是无食材也。

我岳丈在世时，逢年过节，总爱做一大铁锅烩菜。迄今我所吃过的凉州烩菜，其色其味未有超过他手艺的。此言不谬。他一辈子，所好唯抽烟、喝茶、卤肉，做烩菜是他最爱，并将其发挥到了极致。

妻子做烩菜的手艺不及岳丈，其色稍逊，味可直追，亦算传承。

大锅烩菜与菜锅子,所用器皿不同。菜锅子得围坐而吃。大锅烩菜,用大铁勺一人舀一碗,各取所需,分而食之,其妙又与菜锅子不同。

要在简单中品尝凉州美食,不妨吃一次菜锅子。

油炸食品

油炸食品，抵触者多，喜爱者亦不少。

凉州炸油饼、油糕、油馃子，已为凉州常态食品。油炸小黄鱼、油炸蘑菇、油炸羊肉，是我近年来油炸食品中吃过的爱物。所出之地，乃凉州天梯山石窟所在地张义灯山村餐馆中。

小黄鱼为黄羊水库之物产，栖息软泥，形状特征与其他产地的没多大区别。双指宽。香、味双佳。青年舞蹈家王亚彬至天梯山石窟时，我嘱友人赵旭峰至小餐馆订了两份。走至车前，亚彬老师闻其香，问为何物，曰：油炸小黄鱼。遂从袋中捏出一条，大呼好吃。至天梯山就餐，总要吃一次油炸小黄鱼，有时无鱼，虽憾，也得作罢。人生不如意者十之八九，何况美食。

油炸蘑菇，是将蘑菇滤水，裹以鸡蛋面糊炸之。酥、脆，蘑菇和鸡蛋香味兼之。此要热吃，一凉口味大减。

将羊肉煮至七成熟再油炸，称油炸羊肉。皮脆，肉筋道,蘸以蒜泥、油泼辣子,与煮、烤有别,也不失为换换口味之佳品。

猪蹄子炒锅盔

猪蹄子炒锅盔,流行于凉州区张义灯山村餐馆。若四人就餐,一份足量,再配以酸汤面片,即好。

猪蹄子是俗称,文雅的叫法是猪手。将其煮至酥烂,锅盔切小块,油炸,辅以洋葱、油炸洋芋块、青椒块、圆粉等物,锅盔入口即化,蹄块韧而味足。以茯茶解其腻。店小不欺客,亦省时。

豆芽冻豆腐白菜炒肉

若论凉州地道家常菜,豆芽、冻豆腐、白菜炒肉应为首选。

机生与手生的黄豆芽有别。手生的豆芽,工序看似简单,实则繁杂。将开水晾凉,挑选无伤、个圆的黄豆入盆,瓷盆为佳。置于温度适宜处。乡下有大炕,将盆放于离炕洞近的炕面。若放火炉处,需将盆搁于凳上,离炉近则可,切不可放于火炉上。过热,黄豆不出芽,会煹死。芽即出,减热。芽慢长,其味才醇,闻则有豆香。现在的机生豆芽,少豆味,易蔫易坏。

好豆腐在于卤水,俗称卤水点豆腐。鲜豆腐冻成块,色泽变黄,用凉水浸泡,切至薄片。过去吃冻豆腐,需冬天,放至门外窗台,一夜即成。现在有冰冻之器,可速成,味比起自然所冻,差远了。用冻豆腐滚臊子,切小丁或小块,味亦不同。

凉州圆白菜、白萝卜佳者出自金沙镇。露地萝卜生长期长，汁厚而脆甜。白菜个大片厚。选取菜帮，斜切至薄，稍焯，入锅，与大肉、豆芽、冻豆腐混炒，香。在农村，大年除夕，年夜饭炒一盘大肉、豆芽、冻豆腐、白菜，再加洋芋粉条的习俗，现在还保留着。

囷囷子

囷囷子又叫拨拉子。

囷为古代一种圆形的谷仓,拨拉子形极似,故称。

食材因甜菜、槐花、榆钱等不同,又称甜菜囷囷子、槐花囷囷子、榆钱囷囷子。

榆钱软。春风即到,榆钱飘飞。榆树长势快,榆钱大多在树梢,采摘困难。榆钱成串,用手一捋,置于筐篮,再细拣。锅内覆面,再和以榆钱。此难做,吃不易,图方便者,便做榆钱炒肉,味亦美。

唐代大诗人岑参入幕军旅,曾寓居凉州,写了许多有关凉州物事的诗歌,《戏问花门楼酒家翁》,颇见情趣。"老人七十仍沽酒,千壶百瓮花门口。道旁榆荚仍似钱,摘来沽酒君肯否。"盛唐时,边塞安定,凉州不凉。岑参好凉州美酒和酱牛肉。花门楼是他常去之处。此诗是否酒醉所写,不必深究,与老人的这番戏玩之态,足见诗人之情趣,凉州人之好客之道。

凉州三月半，榆钱正当时。

五六月间槐花开，所开者为凉州古土槐。大多为白色。成串剪下，除去梗叶，白亮亮，嫩生生。做槐花囷囷子，农村人大多不屑，亦不会做。这两年我们吃的槐花囷囷子，为吴燕母亲李玉芹女士所做。李为陕西蒲城人。手极巧。大家分而食之。槐花之清香犹在。现在槐树品种多，红花槐长势快，花呈红色，能否做囷囷子，有人说有毒，没试过。

甜菜囷囷子，农村人做得多，小吃城也做，做好者少。我的冯家园子老家，热闹。南北文朋诗友来，做甜菜囷囷子让他们尝尝鲜，则到立冬时节了。其时，甜菜才成熟。黄羊糖厂兴盛时，甜菜种植者多。厂子不存在了，甜菜失去了用途，很少有人种了。我们种一点，就是为了做甜菜囷囷子。为我父亲做饭的谢菊萍手艺好，偶做，大家都称赞。面熟时用熟油炸、炝、搅，色泽金黄。福建朋友吃不惯。

高端瞧不上，低端吃不了。美食也有宿命。

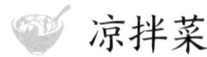 凉拌菜

以前的凉拌菜,分季节。有了温棚,乱了时序。随时能吃到,物也就不为贵了。

苦苦菜,又叫苣苣菜,中药名为败浆草。

春、夏、秋都有,大多在露地中。不像蒲公英,多栖息生长于埂边和埂子上,季节一过,便老了。苦苦菜需熟地生长。生长亦快。

苦苦菜分甜苦苦菜和苦苦苦菜。甜的叶薄、色浅,苦的叶厚、色深。拌凉菜的,多以甜苦苦菜为主。选嫩的,连根剜出,洗净,在开水中煮焯,除去苦味。拌食盐、醋,若增香,需加花椒粉、炝熟油。

蒲公英,俗称黄花落。春风一笑,一雨过后,便从土中钻出。若一春无雨,蒲公英就缩身地中,称矬菜。用铲子剜出,叶小,根大,味亦苦。

生长着的苦苦菜和蒲公英,浇了水,就老了。一老,味便涩。

我幼年时，农村缺菜。春、夏时，苦苦菜和蒲公英是桌上的常菜。凉拌，下饭。一俟放学，我们便挎筐提铲，满埂满土崖去寻找。离我家不远处有一水沟，旁边有一小块草地。蒲公英择地而生，大若盆。一至冬天，我便抱少许麦草，覆其上。春天一到时辰，便一人悄行，刨开麦草，顺叶至根，一铲下去，盆大的蒲公英便被起出。不敢声张，提了筐至家，置于桌。叶盖桌面，欣喜不已。用石臼捣了疙瘩盐，待母亲煮焯好，撒盐。日子再穷，有了这盘菜，也就有了点滋味。

苜蓿这种东西，人爱吃，牛羊亦爱吃。人爱吃的是嫩叶。牛羊不讲究，老嫩皆宜。

汉武帝时征西域，获取汗血宝马，亦获取了苜蓿种子。苜蓿与马，关系甚大。有苜蓿才能喂出好马。

凉州这地方，凡带胡字的植物，都能找出因由。带胡字的东西，一到凉州便半胡不胡，适地栽种，然后流向中原，还称胡，胡得却不那么地道了。

丝绸之路上的凉州，是个中转站，什么人或物，从西域到此，站站停停，都会有故事。

从我记事起，老家很少种苜蓿。以粮为纲的时代，大多种的是小麦，还有少量的谷子、糜子、玉米、洋芋等物。苜蓿有，也是野生的，大多窝在不显眼的位置。

有人在自留地旁种拉毡大小的一块，也是为了尝鲜。为防止别人偷掐，围了篱笆。掐嫩尖的人一多，种的人跳骂，人家回一句："青青稞绿豆角，人人过来揪一个。"再骂：我种的是苜蓿，人家回应："苜蓿香苜蓿嫩，你独吃嫩尖心不公"。跳骂的人就没意思了。

所掐的苜蓿嫩叶择起来不费事，茎软嫩，也能吃。在开水中煮少许，捏掉水分，把缩在一起的苜蓿团扯开，绿绿的一盘。苜蓿一老，草腥味十足，人便不吃了。牛羊吃。至 20 世纪 80 年代，老家已基本不养马了，苜蓿便了无情趣地疯长。

灰条，又称灰苕，见雨就会暴长。铲了，繁殖越快。这种学名叫灰苋菜的藜科植物，头顶圆锥形花序，可祛湿、解毒，治痔疮肿毒，疥癣风瘙。味甘、苦，性凉。翻看有关资料，灰条内服外敷，功能颇多。好似体育项目中的全能人才。

宝贝啊！

在我们眼中，它很可恶。只要有空隙，就跑着长。跟庄稼争肥、争空间。它是猪的爱物。羊、牛吃了会拉稀。

根大，也深，茎拔断，根还在。长至阔大时，茎高数尺，粗若手指，方圆几平方米。不及时根除，一到落籽，来年便四处蔓延。近年来，农民撂荒的田地里，成了灰条的天下，密不透风，身高蔽人，有野鸡栖息。

妹妹的婆婆是个勤快人，也会吃。园中的植物，她熟识的能吃的多。我们不待见的、视为多余的东西，她都能采拣作为美味。她掐下刚出的灰苔的嫩叶，焯了，拌成凉菜，也好吃。据说还有用灰苔包包子的，没吃过。灰苔捏成团，称灰苔团子，晾干，能补饥荒。有记载。灰苔性凉，吃多了会闹肚子，人吃起来不那么尽兴。它是凉菜的点缀，又称凉余。

 油糊暄

油糊暄是一种烫面饼。手艺弱的女人一般不敢做。

脆而不干,筋而不滞,油而不腻,香气喷喷。为油糊暄增香的是香豆子。

它是凉州饼中的极品。

揉好面,擀薄,均匀地撒上香豆末(粉),再擀,薄厚视鏊锅底而定。翻煎至金黄,油泛出香,便出锅。盛它的盘需大于饼。装盘,不用刀切,用手一提,哗啦啦碎成一片,食者食之,舌香、喉香、嘴香、手香。

老汉抖皮袄。是它的戏称名。想想也是,老人力小,一抖,都能抖掉皮袄上的附着物。油糊暄的巧,就在这里。

我们吃过的最好的油糊暄,是赵旭峰夫人李桂芳做的。我们叫她赵嫂。她烙得一手好饼,做得一手好饭。有文坛名流上天梯山,必劳烦赵嫂。她是极爱干净的人。院子干净。屋内干净。

雷达老师 2007 年 7 月上天梯山石窟时,就餐于旭峰

家。吃千层百叶,吃肉炒石花菜,吃荤炒鹿角菜,吃油糊暄。千层百叶、石花菜是山珍,极少见,旭峰每年和羊倌约定,收一斤两斤。来极好的人,才舍得拿出,让赵嫂耍耍手艺。雷达老师吃遍南北大菜,唯对这几道菜情有独钟,称是人间美味。

旭峰当了外公,懒得跑了,这些山珍,很难吃到了。

赵嫂身体有时欠佳,又要领孙子。陪文朋诗友来,就不好再去麻烦了。若有客人到我老家院子,便让旭峰开车送赵嫂下来帮厨。油糊暄是必做的。

为我父亲做饭的小谢胆大心细,跟赵嫂做了几次,形、味很不错。客人来,便由小谢做了。客人亦称赞。

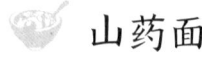 # 山药面

凉州人是面肚子,凡是能做成面的东西,都会以面条形式出现。

山药是凉州人对洋芋的别称。

选择小的无法炒菜的山药,不去皮,洗净,切成片,晾晒干。过去在石磨上碾压,不容易磨碎。现在有磨碎机,就不那么辛苦了。

省了工序,也省了力气。

有讲究的,除了皮晾晒洋芋干。

不去皮碾了的山药面,更有山药味。

和山药面时,要掺一定数量的小麦面,仅山药面,和不成团。

黑黑的。将蒜泥和辣面子用油泼了,据口味轻重拌点食盐。味道便全出来了。

有小孩把山药面叫巧克力面。

吃山药面,拌一碟咸菜,最好是胡萝卜丝。面黑,菜黄,

蒜白,辣子红。四色,谁耍谁的味。到了人嘴里,聚成一个词:爽。

某一个时期,吃山药面,是为了填饱肚子。山药面耐实。

山药面极少做汤饭。易糊。一糊便走味。现在人们吃山药面,是调剂口味。所谓粗粮养生。

吃多了,也不舒服。喝酒的忌喝山药米糊糊,忌吃山药面。拿不住肠胃。

酒要用肉来支撑。酒肉并行。

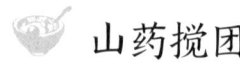 # 山药搅团

人称山药搅团是懒汉饭。

山药切块入锅,滚烂,视水多少,撒面粉。窍门便在所撒的面粉多少。面少,易稀;面多,则硬。做到软硬适中,才是功夫。

过程简单,结果不一样。任何美食,都有美的道理。

吃山药搅团,能吃出滋味,要配腌的酸白菜。腌制的白菜,在水里浸一下,再用大肉炒了,更好。

山药搅团,又叫二白。山药白,面白。若用大葱切末,用熟油一炝,冲出山药香和面香,山药搅团就黄了。不是"防冷涂的蜡"。二白添一黄,葱香味四溢。

高手,往往在民间。

干拌面

干拌面,简称干拌。又叫精肚子面条。亦称干撒盐末子。其实就是不配任何菜的白皮面条。

这是过去下苦力的人享受的待遇。

在各种机器未盛行的年代,粗活、重活全凭劳力。下苦力的人都能吃。面下七成熟,捞至碗中,撒上粗盐末,用筷子一拌,呼噜噜便是一碗。

有人一顿能吃八九碗,没亲眼见过。邻村有吃了七碗撑坏肚子的人,见过。

拌干拌的,还有一物,称猪香油。食物匮乏的年代,这种吃法不是段子,是事实。

我爷爷有一手宰猪的手艺。有人请去杀猪,不付现钱,用汗腺肉、猪尾巴、猪板油抵顶工钱。

大方的人家,爷爷不计较,猪杀完,吃一盘浸熟的猪血,或一盘猪肉炖粉条。主家吃,爷爷也吃。走时,人家切一块肉,多少不论,表达点心意。爷爷排行老二。

李二爷的名头,也响。遇到吝啬且较真的人家,爷爷便按规矩,一刀下去,割多少汗腺肉便是多少,猪尾巴用力一剜,再撕块板油,放进褡裢,将刀、铁通杆、剃毛刀一装,扬长而去。

爷爷也不会太过分。杀猪,是技术活,是力气活,也是良心活。

挣来的肉,家里人独享不了。一见爷爷宰猪回来,总有人来凑热闹。肉炒了,别人吃得多,家人吃得少。

母亲在世的时候,一提起这事,就来气。说爷爷是给外人挣肉的。

猪板油是爷爷的独享之物。他曾在凉州城帮过厨,有一手做饭的手艺。将猪油在锅里熬化,滤掉油渣,装至一双耳黑罐,平素吊起来。一到吃干拌面的时候,取下,挑一筷头,与食盐一同拌进面中,他称为最好吃的东西。有时犒赏一下我们,我们远远地端碗避开。一闻那味,我们便反胃。

爷爷说我们没命吃好东西。它可是猪香油啊。

有懂吃的人说,确实好吃,猪香油会增香润肠。爷爷享年八十又四,他的长寿是吃出来的。

肉托面

肉托面,应该叫面托肉。一如肉夹饼,应该叫饼夹肉。有好吃者,称凉州人的幸福日子为:早上一碗肉托面,中午一顿三套车,晚上一碗山药米拌面。

按常规的饮食标准:早上要吃饱,中午要吃好,晚上要吃少,也成立。

吃肉托面要有好肚囊。面大。肉多。价钱不低。有专好肉托面的,哪怕排队两个小时,也要在早上赶那碗肉托面。苦了上班的人。不排队吃不到。排队要迟到。为了过瘾,往往上班签到后再溜出来,吃到的就成面尾巴了。心里不爽,也得吃。好那一口,没办法。

有爱好,付出代价也值得。

肉托面,面是一份,肉是一份。凉州卖肉托面的人不多。老板姓于。以前卖灰豆子,称于豆儿。后来专卖肉托面。没有人把他叫于托面。

凉州卖面卖出招牌的,已不多了。面一代卖出名堂了,面二代不屑此行当，任凭面一代苦撑。撑不动了，就改弦易辙了。

这样的例子不少。

我很少去吃肉托面，没那么大的肚囊，装不了那么一大碗面。再加肉。硬撑，一天没食欲。

就非常佩服那些在清早能将一大碗肉托面下肚的人。

吃肉托面的也分年龄段。一到某一个年龄段，就拿不住那碗面了。廉颇老矣，尚能饭否。那是历史故事。武将的力气，是练出来的，也是吃出来的。

能吃能喝能睡，也是一种能力。这种能力，人人可能有，人人可能又没有。

享用美味，也得有能力。还得有仪式感。手托着碗，举筷，几条面，一块肉，嘴在吞，喉结在动，一碗见底，便完成了庄严的仪式。整衣，屁股刚抬起，凳子就被人占了。

"来一碗肉托——"余音很长，中气也足。

一天的幸福日子，就从一碗面开始了。

武威四大面

武威四大面为：天祝尕面片、古浪青稞面、凉州臊子面、民勤碱面。

天祝尕面片是野葱花面片。

面片子讲究汤清、面薄、味鲜。

汤稠，影响味觉；面厚，影响口感。若有人称汤像稠饭，面如鹅掌，面片子就不称其为面片子了。

天祝尕面片，面若指甲盖大小，所以称尕。

香就香在野葱花炝出的味道。

野葱花是生长在天祝高海拔的野生植物，学名叫细叶葱。据说含11种天然芳香物。

掐了葱花晾晒，花白中带黄。待面片出锅时，热熟油，置野葱花于其上，一油泼之，野葱花在汤面上发出嗞啦之声响，一股香味便扑鼻而来。

炝锅得把握好油温。油过热，野葱花会发黑；油不达温，野葱花炝不出其味。发黑的野葱花漂于面上，不雅观，有人戏称为苍蝇面。

一根牛骨棒，一碗尕面片，再加一份萱麻口袋。到天祝，这三样美食一吃，山就成山，水就成水了。望望马牙雪山，天祝便意味深长。

古浪青稞面说的是青稞面搓鱼子。

搓鱼子和拨鱼子不同。拨鱼子靠拨，搓鱼子靠搓。

搓鱼子中间粗，两头尖。

古浪因气候、土壤、水质，原盛产小米。南部山区属冷凉地区，亦适宜于青稞生长。出生于广西的石一宁先生，壮族，曾任《文艺报》副主编。在一次来甘采风时，曾问我何为青稞，再三解释，仍不信服。2009年我上鲁迅文学院第十一届高研班时，特地托以画牦牛著称的李生云先生找了一小袋生青稞带至北京，在一次饭局上转交于他。饭局还未完，石一宁先生就将一小袋生青稞吃了，令我佩服不已。我们是不吃生青稞的。将生青稞炒熟，磨了，就成了青稞炒面。吃酥油糌粑时，用的就是青稞炒面。

行面靠饧，青稞面靠焐。这是和面的过程。面焐好后，揪成小团，用手搓。手巧的女性搓青稞面时，手在动，奶子在跳，屁股在扭。面在手下，像鱼儿在飞。

青稞面吃多了，会腹胀。

越有味的美食，名堂越多。

凡有面食的地方，都有臊子面。做法大多相同，关键在于臊子的调烹。

臊子面中的肉，一般切丁。分大肉臊子面、牛肉臊子面、羊肉臊子面，很少有鸡肉臊子面之说。

好的臊子面要用肉汤，大肉、牛肉、羊肉骨头大，熬汤雄壮。鸡骨小，熬汤熬不出量来。

凉州臊子面，多用大肉。

臊子面的臊子汤，重在味。

一般臊子汤中，加的食材无外乎洋芋丁、刀豆丁、萝卜丁、豆腐丁，出面时依食客口味加香菜、蒜苗末。

蒜与辣子，用多少，食客自己调配。

凉州人早上的这碗面，很重要。吃肉托面、行面的多，吃牛肉面和臊子面的更多。

臊子面的店面，一般都不大。摆几张桌子，没处坐的，端了饭，或蹲或站，在门外吃。夏天尤可。在冬天，天寒地裂，手冻得生疼，也有不怕冷的，端了碗跺着脚在外吃完，哈手走开。

传统的臊子面，汤里会加干茄丁、干刀豆丁、冻豆腐丁。茄丁、刀豆丁是秋天晒好的。茄脱把，刀豆抽丝。一入锅，往年的滋味与今年的滋味衔接，形成一种奇异的味道。嚼起来韧而味长。去岁的阳光藏在茄丁与刀豆丁中，被切成段，保留了那份清新，也保留了那份韵味。

现在做臊子面的，很少下此工夫了。一怕麻烦，二对味道也缺乏那种天然的追求。料精一多，凭此调汤，方便是方便了，原生态的滋味就缺失了。

快节奏的生活，消解了人们对美味的渴求。舌尖不复杂了，舌尖上的味道也就不一统了。

民勤碱面要在民勤吃，才正宗。

手工碱面才是民勤正宗的碱面。

碱面里面用的碱是蓬灰，用蓬灰水和出的面，才算民勤真正的碱面。

碱面要用凉开水激，面更筋道。

配的卤子是民勤的又一道美食，叫茄辣烩。

茄辣烩的食材是茄子和青辣椒。将茄子和青辣椒切成条，炒好，勾芡。卤浓。拌于面中，再加青蒜苗、油泼红辣子。沙乡人的一往情深便注入面中，隐于茄辣烩里，再来一杯小茴香茶，端的是古风今韵。